KB118324

해보지 않으면 알 수 없어서

이길보라
지음
해보지 않으면
알 수 없어서
삶의 지도를
확장하는
배움의 기록
문학동네

목차

3부 나만의 방법론 찾기

4부 모든 가능성을 열어두고

프롤로그

괜찮아, 경험

고등학생 때였나. 한 언니가 물었다.

"너는 부모님이 돈이 많은 것도 아니고 백이 있는 것도 아니고 공부를 엄청 잘하는 것도 아닌데 왜 그렇게 항상 자신감이 넘쳐? 왜 다 해보는 거야 무작정?"

답은 단순했다. 하고 싶으니까. 그래서 했던 것뿐이다. 해보지 않으면 알 수 없으니까. 그래서 다 해봤다. 가보지 않으면 알 수 없어서 가봤고, 먹어보지 않으면 알 수 없어서 먹어봤다. 만져보지 않으면 알 수 없어 만져봤고, 느껴보지 않으면 알 수 없으니 직접 느꼈다. 그건 엄마, 아빠의 방식이었다. 입술 대신 손과 표정으로 말하는 부모는 몸의 경험을 통해 지식을 습득했다. 모르니까 일단 해보고 가보고 만져보고 느껴보는 것. 자연스레 내 삶의 방식도 그리 되었다.

영화를 배우러 떠난 네덜란드 필름아카데미에서도 마찬가지였다. 그러나 한국과 여덟 시간 시차가 있는 곳에서 사는 일은 생각처럼 쉽지 않았고, 그 사회와 문화에 새롭게 적응해야 했다. 몸이 먼저 반응했다. 자전거를 타고 학교를 갈 때도, 사람들과 볼을 맞대고 인사할 때도, 길을 걸을 때도 몸은 이전과 다르게 움직였다. 나의 몸, 나의 감각을 통해 나의 정신을 다시 바라보게 되었다. 몸을 통해 지금껏 어떻게 살아왔는지 돌아보게 되었다. 내 몸은 어떻게 이 사회와 문화를 횡단해냈고 또 해내고 있는가.

석사과정 졸업 후 네덜란드에서 지내다 한국에 잠깐 다녀온 적이 있다. 짧은 기간이었지만 어떻게 네덜란드에서 공부하고 연구하며 프로젝트를 발전시켰는지 그 경험을 나누는 특강을 모교에서 할 기회가 있었다. 네덜란드로 돌아와 학장인 미카에게 당시 학생들의 반응이 무척 좋았다고 하니 그가 말했다.

"그래? 그럼 한국으로 돌아가 네가 여기서 한 석사과정 프로그램 같은 걸 만들면 되겠네."

그 말을 듣자마자 반사적으로 답했다.

"제가 어떻게 해요. 아직 스물아홉 살인데."

학장은 반문했다.

"나이가 무슨 상관이야?"

그랬다. 한국에 겨우 한 달 다녀왔다고 다시 한국에서처럼 반응하고 생각하고 말했다. 몸은 참 재밌다. 습관을 잊지 못해 삐걱거린다. 네덜란드에서 지내다 한국에 와서 네덜란드식의 실용적 화법을 구사하다보면 왜 말을 그렇게 직설적으로 하느냐고 원성을 산다. 경계와 경계 사이를 오가는 일. 그건 거리를 두고 지금의 나와 내가 살고 있는 이 사회를 조금 다른 시선으로 보게 한다. 지금부터 내가 할 이야기는 네덜란드나 유럽 문화에 대한 예찬이 아니라, 경계를 넘나들며 경험한 존중과 예의에 대한 이야기이다.

네덜란드에 살면서 내가 가진 '다름'이 그 무엇보다 소중하다는 걸 깨닫게 되었다. 경계인으로 살아온 경험이 예술가로서의 가장 큰 자산임을 말이다. 차이가 차별의 근거가 될 수 없다는 것은 알았지만, '다름'이 지닌 풍성함은 알지 못했었다. 물론 세상에 유토피아는 없다. 네덜란드에도 인종차별을 비롯한 무수한 구별짓기가 존재한다. 다만 타인의 다름을 인정하고 받아들이려는 다양한 시도들이 있을 뿐이다. 그곳에서 배운 건 그 시도와 모험들이었다. 경계와 경계를 오가며 살아온 나의 삶을 꼭 안아주던 사람들, 예의와 존중을 갖추고 다름을 받아들였던 이들이 있었다. 다름을 받아들이기 위해 속도를 늦출 필요가 있다면 기꺼이 속도를 줄여 발걸음을 맞춰가는 걸 배웠다. 이 모든 것은 무엇보다도 주저 없이 발걸음을 뗐기에 가능했던 일이다.

"괜찮아, 경험."

예술가로서 어떻게 지속가능한 삶을 꾸려나가야 할지 길이 보이지 않아 막막할 때 이 말을 생각한다. 두 단어로 연결된 짧은 수어이지만, 엄마 아빠의 삶이 고스란히 담긴 말. 그 삶의 방식을 믿었기에 선택의 순간마다 용기내어 직접 부딪칠 수 있었다. 이 책도 누군가에게 닿아 또다른 모험의 씨앗이 된다면 감사할 것이다.

2020년 8월

이길보라

1부

지금이 아니면
언제 떠날 수 있을까

나의 모어는 수화언어

+

1990년 여름, 나는 경기도 부천에서 한 농인 부모의 딸로 태어났다. 남아선호사상의 영향으로 남아 출생성비가 여아 100명당 116.8명에 육박하던 해였다. 많은 여자아이들이 '여성'이라는 이유로 죽었다. 나 역시 다르지 않았다. 할머니는 여자라서 안 된다며 대를 이을 아들이 있어야 한다고 했다. 부모는 입술 대신 손짓과 표정으로 딸을 낳은 후에 아들을 낳으면 되는 것 아니냐고 반문했지만 할머니의 생각은 달랐다. '장애인'이라 입에 풀칠하기도 어려울 텐데 아들 딱 하나만 낳아 기르라고 했다. 엄마는 손을 내저었다. 성별은 그리 중요하지 않았다. 엄마는 지금까지 그래왔듯 온전히 당신의 결정으로 나를 낳았다.

그렇게 수화언어는 나의 모어가 되었고, 부모가 속한 농사회는 삶의 시작점이 되었다. 그곳에서 수어로 옹알이를 하며 걸음마를 익혔다. 그러나 나는 소리를 들을 수 있었다. 코다CODA, Children of Deaf Adults, 농인 부모 아래서 태어난 자녀를 일컫는 이 단어는 농사회와 청사회를 오가며 자란 나에게 빼놓을 수 없는 정체성이 되었다.

나는 침묵의 세계와 소리의 세계 사이에서 말을 옮겼다. 그건 "이거 얼마예요?" "여기로 가려면 어떻게 해야 돼요?" 등의 간단한 통역일 때도 있었고, 부모 대신 수화기를 들고 "저, 그 집 전세가 얼마인지 알고 싶은데요. 제가 전세랑 월세, 보증금 개념을 잘 몰라서 그러는데 설명해주실 수 있나요?"같이, 여덟 살에게는 제법 복잡하고 어려운 통역이기도 했다. 그사이에서 나는 수많은 생각과 감정을 품었다. 그것들은 자연스럽게 '이야기'가 되었다. 나는 입으로 말하는 사람들과 손으로 말하는 사람들에게 두 세계를 넘나드는 이야기를 풀어냈다.

그러나 사람들은 혀를 끌끌 찼다. 부모는 자신을 '농인'이라고, 자신이 사용하는 언어는 수화언어라고 자랑스럽게 말했지만, 세상 사람들에게 그건 어딘가가 결여되었다는 의미였다. '장애인'으로 사는 것도 그랬지만 '장애인의 자녀'로 살아가는 것 또한 쉽지 않았다. 언제나 차별과 동정의 시선이 뒤따랐다. 사람들은 겉보기에 멀쩡해 보이는 부모에게 저기요, 하고 말을 걸었다. 그러나 청인의 입장에서 '들은 척도 하지 않는' 부모의 등을 마주하면 미간을 찌푸렸다. 양쪽 상황을 너무나 잘 알고 있는 나는 어색하게 웃으며 설명해야 했다. 하지만 죄송하다는 말은 하고 싶지 않았다. 죄송할 것이 하나도 없으니까. 이런 상황은 수없이 벌어졌고, 일련의 경험을 통해 나는 '청각장애인', 특히 '장애'라는 단어가 사람들을 얼어붙게 만든다는 걸 깨달았다. 아무렇지 않은 표정으로 두 눈을 동그랗게 뜨고 '장애인'이라고 말할 때 더더욱 그랬다. 나는 차라리 이 단어를 먼저 발화하는 전략을 택했다.

"부모님이 청각장애인이셔서요, 말씀하시면 제가 통역할게요."

내가 멀쩡해 보이는 부모를 두고 '장애인'이라고 말하면 사람들은 당황하며 어쩔 줄 몰라 했다. 보기에 멀쩡한데 장애인이라고? 아, 그러면 어떻게 반응해야 하지? 어떻게 의사소통해야 하지? 나는 '겉모습이 멀쩡하기 때문에 나와 비슷한 사람일 것'이라는 선입견에 균열을 냈다. '장애'라는 말에 놀라 우리를 기피해서는 안 될 일이었다. 나는 전략적으로 '꼬맹이 통역사'의 위치를 택했다. 언제든지 서로가 소통하고 싶을 때 쉽게 말 걸 수 있는 존재가 되는 것. 농사회와 청사회 모두를 경험한 사람으로서 사이를 잇는 다리 역할을 하는 것. 그건 때때로 불쌍하거나 대단한 일이 되었다.

"쯧쯧쯧…… 딱하기도 하지."

"너 참 장하구나. 네가 고생이 많다. 앞으로도 부모님 잘 보살펴드리렴."

어른들은 말이 끝나자마자 오백 원을 손에 쥐여줬다. 아이스크림을 사 먹을 수 있는 돈이었지만 마냥 유쾌하지만은 않았다. 그건 내가 무언가를 잘하거나 뛰어나서 받은 보상이 아니라, 불쌍해서 받은 돈이기 때문이었다. 게다가 어른들의 말은 사실도 아니었다. 내가 부모를 보살피는 것이 아니라 부모가 나를 보살피고 키웠다. 그러나 그들의 눈에 나는 항상 '장애인의 보호자'였고, 또 그래야만 했다.

그래서 철이 일찍 들었다. 눈치 역시 백 단이었다. 머리가 아닌 몸이 먼저 알아차렸다. 부모와 집을 나서면 비슷한 일들을 계속해서 겪었고, 나는 조금씩 다르게 반응하며 상황을 살폈다. 어떻게 대답하고 행동하느냐에 따라 사람들은 장애에 대한 편견과 선입견을 여러 모습으로 보여주었다. 가령 내가 부모를 조금이라도 부끄러워하거나 부정하는 기색을 보이면 우리는 세상에서 가장 가여운 존재가 되었다. 부모와 나의 자리는 사라졌고 말 그대로 설 곳이 없게 되었다. 부모가 들리지 않는다는 것을 사전에 말하지 않으면 곤란하거나 난처한 상황이 생겼다. 남들처럼 부모가 어떤 사람인지 굳이 설명하지 않았을 뿐인데 부모의 장애를 숨기려고 했다는 오해를 받았다. 이 모든 상황에 가장 깔끔하게 대처할 수 있는 방법은 초반에 당당하게 부모를 소개하는 것이었다. 그건 엄마, 아빠의 전략이기도 했다. “제가 들리지 않아서…… 죄송합니다” 하고 고개를 숙이는 것이 아니라, “안 들려요. 뭐라고요? 여기에 써주세요” 하고 아무렇지 않은 표정으로 펜과 종이를 내미는 것. 그래서 나는 나 자신을 이렇게 소개했다.

“안녕하세요. 농인 부모로부터 태어난 것이 이야기꾼의 선천적 자질이라고 굳게 믿고, 글을 쓰고 영화를 만드는 이길보라입니다.”

여기서 스스로 굳게 믿는다는 것이 중요했다. 그렇지 않으면 살아남을 수 없었다. 그 누구도 내 선천적 배경을 긍정하지 않았으니 말이다. 유일하게 엄마, 아빠만이 내 배경을 밑도 끝도 없이 긍정했다. 다시 태어나도 농인으로 태어나고 싶다는, 한 치의 의심도 없는 표정과 흔들림 없는 그들의 손동작이 나를 그렇게 ‘믿게’ 만들었다.

그래서 농인 부모로부터 태어나 이야기를 하는 사람이 된 것은 어쩌면 ‘타고난 일’인지도 모르겠다. 부모의 눈으로 세상을 바라볼 때와 소리를 듣는 사람으로 세상에 귀기울이는 것은 다른 결을 지니고 있었다. 이 두 가지가 왜, 어떻게, 무엇이 다른지를 들여다보는 것이 나의 일이 되었다.

언어가 바뀌면
세상도 바뀐다

+

열일곱 살 무렵, 나는 동남아시아를 비롯한 세계 곳곳의 분쟁 지역에서 벌어지고 있는 사건에 관심을 갖고 있었다. 학교 자습시간에 종종 그와 관련한 책을 읽었다. 선생님은 그럴 시간에 수학 문제를 풀고 영어 단어를 한 개라도 더 외우라고 했지만 그것보다 더 중요한 건 책 안에 있다고 믿었다. 그 시절 나의 장래 희망은 NGO 활동가 혹은 다큐멘터리 프로그램을 만드는 PD였다. 세상에 다른 이야기를 전달하는 사람이 되고 싶었다. 담임선생님을 비롯해 주위 어른들은 그러려면 스카이, 소위 말하는 명문대에 진학해야 한다고 했다. 지금부터 내신 관리를 열심히 하고 수능을 준비해 대학에 입학한 후 학점 관리를 착실히 해서 '언론고시'를 치러야 한다고 말이다. 그러면 방송국 PD가 될 수 있는데 내가 만들고 싶은 프로그램을 연출하려면 조연출 생활을 빡세게 몇 년은 해야 한다고 했다. 그 모든 시기를 거치고 역경을 이겨내면 비로소 내 작품을 할 수 있는 PD가 되는데 그게 바로 나의 '진로'라고 말이다.

이상했다. 나는 그저 현장에서 활동하며 사람들을 만나고 그들의 이야기를 나만의 시선이 담긴 다큐멘터리로 만들어 세상에 전하는 사람이 되고 싶은 것인데 어른들은 그러려면 '좋은 대학'에 가야 한다고 했다. '좋은 활동가'가 되고 '좋은 영화'를 만드는 것이 더 중요할 텐데, 어떤 직업 혹은 어떤 명함을 가진 사람이 되라는 말처럼 들렸다. 그렇다면 현장은 언제 가볼 수 있지? 그곳에는 어떤 사람들이 살고 있을까? NGO 활동가가 어떤 일을 하는지, 다큐멘터리는 어떤 과정을 통해 만들어지는지 알지 못한 채 명함을 갖기 위해 모든 것을 에둘러 돌아가라니. 나는 도대체 무엇을 위해 공부하는 걸까. 질문이 머릿속에서 끊이질 않았다.

그래서 학교를 잠시 쉬고 긴 여행을 떠나기로 했다. '더 큰 세상을 만나기 위한 8개월간의 동남아시아 배낭여행'이 그 프로젝트의 이름이었다. 자금이 필요했다. 형편이 어려운 부모님께 손을 벌릴 수는 없었다. 한국 사회에서 학교를 그만두고 더 큰 배움을 찾아 떠나는 여행이라면, 이것이 나의 개인적인 목표만을 위한 행동은 아닐 거라고 생각했다. 이 여행을 통해 내가 어떻게 또다른 방식의 배움을 찾아나갔는지 공유한다면 그건 문화의 다양성을 넓히는 정치적인 행동이자 사회적 환원이 될 거라는 확신이 들었다. 그렇다면 사회가 이 프로젝트를 지지하고 후원할 수 있지 않을까. 여행 계획서 초안을 작성했고, 담임선생님과 멘토 교사, 작은고모의 도움을 받아 관심 있을 법한 사람들을 만났다. 크라우드 펀딩이었다. 어떤 이는 가지고 있던 침낭을 내어줬고, 또다른 이는 나를 꼭 안으며 기도를 해주었다. 다른 사람들은 지갑을 꺼내 후원을 했다. 그렇게 800만 원 정도를 모았다. 수많은 이들의 응원과 지지도 함께였다. 그 과정은 여행만큼 값졌다. 학교 안에서라면 미처 만날 수 없었던 다양한 분야의 사람들을 만났다. 여행하는 동안에도 마찬가지였다. 인도, 네팔, 태국, 캄보디아, 베트남, 라오스, 중국, 티베트까지 이르는 8개월간의 여정 동안 현지인을 비롯해 세계 각국의 여행자들을 만났다. 인도 캘커타의 마더 테레사 하우스에서 죽음을 눈앞에 둔 할머니들과 시간을 보내고, 티베트 난민촌의 탁아소에서 아이들을 돌보는 봉사활동을 했다.

여행에서 가장 좋았던 점은 시간이 아주 많았다는 것이다. 동남아시아는 땅덩이가 크고 도로 사정이 좋지 않아 도시와 도시를 잇는 버스만 타면 다섯 시간 이상은 기본이었다. 야간 버스와 야간 기차는 물론이거니와 일주일 내내 지프차를 타며 어딘가를 넘어가곤 했다. 시간이 넘쳐흘렀다. 핸드폰도 없었고 MP3도 없었다.

CD플레이어에 가지고 간 몇 개의 음악 CD를 갈아끼우며 무한 반복에 반복을 하다보면 창밖으로 비슷하지만 다른 풍경들이 스쳐지나갔다. 화장실은 언제 갈 수 있을까, 숙소는 어디에 잡아야 할까, 예산은 얼마나 남았지, 그나저나 여행 마치고 한국으로 돌아가면 무엇을 해야 하나, 다니던 학교로 돌아갈까, 아니면 이렇게 학교 밖에서의 공부를 계속할까, 친구들은 무얼 하고 있을까, 한국의 입시제도는 이대로 괜찮은 걸까, 아니, 대한민국은 괜찮은 걸까, 이 여행 프로젝트는 어떤 의미가 있는 걸까…… 생각에 생각이 꼬리를 물었다. 가진 건 시간이 전부였다. 그러다보니 내 걱정뿐 아니라 남 걱정까지 할 수 있었다. 한국을 걱정하고, 인도를 걱정하고, 티베트를 걱정하다 결국 지구까지 걱정했다. 그런 시간이 내게 주어졌다는 것에 감사했다. 8개월간의 여행을 마친 후 나는 학교로 돌아가지 않고 학교 밖에서의 배움을 지속하기로 했다.

나는 학교 밖에서의 배움을 〈로드스쿨러〉라는 제목의 다큐멘터리에 담았다. 로드스쿨러Road-schooler는 학교를 벗어나 다양한 학습 공간을 넘나들며 자기주도적으로 공부하고 교류하고 연대하는 청소년들이 스스로를 일컫는 말이다. 또는 스승이 있는 공간이면 세상의 모든 곳이 배움터라는 생각으로 자기주도 학습자들이 스스로를 명명하는 이름이기도 하다.

44분의 다큐멘터리영화는 2008년 대전독립영화제에서 장려

상을 받았고, 2009년 서울국제여성영화제, KT&G 대단한 단편영화제 등에 초청되어 관객들을 만났다. 공동체 상영도 이어졌다. 그러나 이 영화는 학교 안팎에 있는 수많은 십대 청소년들에게 가장 먼저 보여져야만 했다. 지방에 살아서, 야간자율학습이 늦게 끝나서 이 영화를 볼 수 없는 학생들, 무엇을 위해 공부하는지, 학교는 왜 다니는지에 대한 질문에 머리를 싸매고 있을 이들이 관객이 되어야 했다. 그래서 인터넷 스트리밍 사이트를 통해 영화를 무료로 공개했다. 많은 이들이 영화를 보며 우리가 당연한 듯 경험하는 '학교'와 '배움'이라는 것을 어떻게 정의내릴 것인지, 어떻게 넘나들 것인지에 대해 고민하고 토론했다. 카메라를 켜고 끄는 것밖에 몰라 영화제작의 모든 단계에서 헤맸지만 영화를 완성하고 배급까지 해보고 나니 영화를 제대로 배워보고 싶다는 생각이 들었다. 함께 영화를 만들고 고민할 수 있는 동료와 스승 역시 필요했다. 그렇게 한국예술종합학교 영상원 방송영상과에 진학했다.

대학에는 치열하게 현장을 오가며 영화를 만드는 사람들이 있었다. 그사이에서 영화를 공부하고 글을 썼다. 열아홉 살 무렵 함께 여행다니며 공부했던 로드스쿨러 친구들과도 주기적으로 만나 학교 밖에서의 배움을 이어나갔다. 고등학교를 자퇴하고 어떻게 더 큰 세상을 만나고 여행했는지에 대한 경험을 『길은 학교다』로 펴냈다. 길 위에서의 배움을 함께했던 친구들, 멘토와 책 『로드스쿨러』

를 함께 썼다. 그렇게 '길은 학교다'를 생의 모토로 삼아 이리저리 쏘다니며 작업자로서의 경험을 쌓아나갔다.

영화 〈반짝이는 박수 소리〉와 동명의 책 『반짝이는 박수 소리』는 학교 안팎의 경계에서 만나게 된 작업이었다. 2012년, 아빠는 미국 라스베이거스에서 열리는 농인 엑스포인 데프네이션 엑스포DeafNation Expo를 비롯해 미국 워싱턴 D.C.에 있는 갤로뎃대학에 방문하고 싶어했고 내게 함께 가지 않겠느냐고 물었다. 딸이자 통역사로 그 여정에 동행했다. 농인의 언어인 수화언어를 공식 언어로 인정해달라는 운동이 한국에서 시작되던 때였다. 나는 카메라를 들고 관련 행사의 기록 영상을 찍고 수어와 농인의 삶에 대한 소책자를 기획하고 제작했다. 하지만 어째서 수어가 국가의 공식 언어 중 하나가 되어야 하는지, 농인의 삶을 사람들에게 어떻게 알릴 수 있을지에 대해서는 잘 알지 못했다.

그러던 중 방문한 미국에서 가히 놀라운 경험을 했다. 엑스포는 말 그대로 '농인의 천국'이었다. 세계 각국에서 모인 농인들이 가득했고, 전시장에는 농인을 위한 콘텐츠, 교육 프로그램, 기기 등이 가득했다. 한국에서는 전혀 보지 못했던 것들이었다. 농인들이 직접 농인에 대한 이야기를 농인 관객을 대상으로 만든 농영화Deaf Films도 있었다. 영화를 제작하고 배급하는 회사 부스 앞에는 농영화 DVD가 빼곡히 꽂혀 있었다. 나는 휘둥그레진 눈으로 카메라를 들었다. 아빠를 찍기 위해 들고 간 카메라에 아빠 대신 온갖 신기한 풍경들을 가득 담았다. 카메라를 향해 팔을 들고 손을 앞뒤로 돌리며 반짝이는 박수 물결을 만드는 농인들의 모습도 그중 하나였다. '반짝이는 박수 소리'였다.

세계 유일의 농인을 위한 종합대학인 갤로뎃대학은 완전히 다른 세상이었다. 미국 수어ASL, American Sign Language가 공용어인 이곳은 학생을 비롯해 교수, 청소 노동자, 경비 노동자 모두가 수어를 사용했다. 눈으로 보고 표정과 손으로 말하는 것이 중심이 되니 세상이 백팔십도 달라졌다. 건물 안은 둥그런 홀 구조로 되어 있어 같은 층은 물론이거니와 전 층의 사람들이 모여 수어로 대화할 수 있었다. 엘리베이터 벽 역시 유리였다. 밖을 내다볼 수 없는 기존의 폐쇄적인 엘리베이터는 농인에게 공포감을 주기 때문이었다. 강의실 역시 의자가 원형으로 배치되어 있어 서로가 하는 말을 잘 '볼' 수 있었다. 언어가 바뀌면 세상도 바뀐다는 것을, 그것이 가능하다는 것을 몸으로 확인할 수 있었다.

한국에서도 그런 모습들을 보고 싶었다. 비장애인 중심의 사회를 바꾸어야 했다. 그러기 위해서는 병리학적 관점의 '청각장애인'이 아닌, 미국에서 내가 보고 경험한 것처럼 찬란하고 아름다운 '농인'의 삶을 보여주는 콘텐츠를 만드는 작업이 필요했다. 딸이자 감독의 시선으로 농인 부모의 반짝이는 세상을 담은 영화 〈반짝이는 박수 소리〉, 책 『반짝이는 박수 소리』는 그렇게 시작되었다.

이후 영화제 상영과 극장 개봉을 통해 관객을 만났다. 책을 출간하여 독자들과 소통하기도 했다. 오프라인과 온라인을 오가며 사람들을 만나는 것은 이야기꾼으로서 내가 좋아하는 일들 중 하나였다. 강연과 영화 상영회에서 독자들과 관객들을 만나면 "그간 전혀 몰랐던 새로운 세상을 만났다"며 고맙다는 인사를 들었다. 농인의 삶이 궁금해 수어를 배우기 시작한 이들도 있었고, 영화 상영 후 이어지는 행사에서 농인들과 함께하기 위해 수어통역사를 섭외하거나 자막 통역을 제공하려고 노력하는 이들도 있었다. 영화와 책을 콘텐츠로서 소비하는 데 그치지 않고 실생활에서 어떻게 다른 삶의 모습을 만들어갈 것인지 고민하는 사람들을 마주할 때마다 가슴이 벅찼다.

하지만 매일같이 터지는 장애인, 여성, 소수자 혐오 발언과 사건들은 가슴을 퍽 치고 들어왔다. 준비할 새도 없었다. 일상에서 마주하는 보이지 않는 폭력 또한 갈수록 심해졌다. 나는 점점 더 예민해졌다. 여성이자 장애인의 자녀로 자라온 내가 한국 사회에서 살아남기 위해 할 수 있는 것은 언어와 감수성을 버리는 것이었다. 그러나 나의 문화와 정체성을 어떻게 지켜야 하는지는 알 수 없었다. 앞서 콘텐츠 작업을 해왔던 선배들 역시 고군분투중이었다.

닮고 싶은 사람, 롤모델 같은 것은 없어진 지 오래였다. 예술가는 언제나 시대와 불화하고 경제적으로 넉넉하지 못한 삶을 산다며, 너무 걱정하지 말라고 스승이 말했다. "그건 하고 싶은 거 하고 살아도 어딘가 취직할 수 있었고 대학만 나오면 어떻게든 먹고살 수 있었던 시대 얘기 아닌가요?" 하고 반문했다. 글을 쓰고 다큐멘터리 영화를 만드는 일을 계속하고 싶은데 실제 글을 쓰는 노동 강도에 비해 고료는 턱없이 적었고, 예술영화를 만드는 일은 시간과 돈이 많이 들었다. 나는 월세도 내야 하고, 장도 봐야 하고, 때때로 영화관에도 가고 책도 사 읽어야 하는데. 다들 버텨야 한다고 했지만 어떻게 버텨야 하는지는 알 수 없었다. 몇몇 예술가들이 굶어 죽었다는 뉴스가 떴다. 캄캄했다.

새로운 곳에서 새로운 작업을 꿈꾸다

+

2015년, 영화 〈반짝이는 박수 소리〉가 세계 3대 다큐멘터리영화제 중 하나로 꼽히는 일본 야마가타국제다큐멘터리영화제에 초청되었다. 야마가타는 작은 시골 도시였다. 영화제의 관객층은 주로 중장년층 연령대의 아주머니, 아저씨, 할머니, 할아버지 들이었다. 외국에서 열리는 영화제에 초청받은 건 처음이었다. 뉴아시안커런츠 부문은 새롭게 떠오르는 아시아 감독들의 영화를 선보이는 섹션으로 한국, 일본, 인도, 중국, 레바논, 이란, 미얀마, 네팔, 팔레스타인, 필리핀, 싱가포르, 타이완 영화가 고루 포진되어 있었다. 그런데 모두가 자국에 거주지를 두고 영화를 만드는 건 아니었다. 미국에서 영화를 공부하고 졸업 이후에도 그곳에서 살며 작업하는 싱가

포르 출신 감독, 미국에서 학부를 졸업하고 보스니아 헤르체고비나의 필름팩토리(헝가리 출신 감독 벨러 터르Béla Tarr가 설립한 영화학교)에서 박사과정중인 일본 국적 감독, 프랑스와 공동 제작을 하여 영화를 완성한 레바논계 프랑스 감독, 독일과 공동 제작을 하여 영화를 만든 양곤 영화학교 출신의 미얀마 감독 등 제작 국가와 감독의 거주지가 꼭 일치하는 건 아니었다. 경계를 오가며 영화를 만드는 이들과 만나며 나도 앞으로 어디서 어떻게 작업할지 고민하게 됐다. 저들도 나처럼 설레는 마음으로 첫 영화를 만들고, 두번째 영화는 이리저리 고민하다 삶의 장소를 옮겨 다른 곳에서 살아보며 완성했겠지. 나고 자란 곳을 벗어나 새로운 곳에서 작업의 가능성을 모색하고 네트워크를 만들어가는 것이 지금 나에게 필요한 건 아닐까.

그러나 어떻게 네트워크를 확장할 수 있을지 알 수 없었다. 국내에서 글을 쓰고 영화를 만드는 일은 어떻게 하면 되는지 알 것 같은데 다른 나라에서 해내는 건 완전히 다른 문제였다. 단순히 영어를 배운다고 해결될 일도 아니었다. 일정 기간 머물며 작업을 하는 아티스트 레지던스 프로그램도 알아보았고 다큐멘터리 프로젝트 워크숍 프로그램도 살펴보았다. 그러나 나는 한곳에 오래 머물며 그곳에서 새로운 방식, 새로운 시각을 배워 기존에 내가 갖고 있던 문제의식을 확장하고 싶었다. 예술가로서 지속가능한 삶을 실험해보고 싶은 마음도 있었다. 외국에 살아본 경험도, 아는 이도 전혀 없는 내게 가장 좋은 선택지는 외국의 영화학교에 진학하는 것이었다.

'유학' 하면 다들 미국을 꼽았다. 영화 유학도 마찬가지였다. 모두들 미국이나 프랑스를 언급했다. 미국은 영 끌리지 않았다. 엄청난 학비도 문제였다. 프랑스에는 유명한 영화학교가 많은데 대개 다큐멘터리보다 극영화를 중심으로 커리큘럼이 짜여 있었다. 언어를 새로 배울 자신도 없었다.

2016년 여름, 프로젝트차 유럽에 방문했다. 공식 일정을 마친 후, 귀국 일정을 변경하여 유럽에 조금 더 머물렀다. 어떤 도시, 어느 학교가 나와 맞을지 가볍게 살펴보고 싶었다. 유학이라면 역시 학교의 커리큘럼, 교수나 강사진이 중요하겠지만 최소 2년은 살게 될 도시와 동네의 분위기 역시 중요했다. 연구와 공부만이 그 목적은 아니기 때문이었다.

베를린과 파리를 거쳐 네덜란드로 향했다. 수도 암스테르담과 매년 큰 규모의 국제영화제가 열리는 로테르담에 가볼 생각이었다. 버스를 타고 국경을 넘었다. 출입국 관리소의 도장 없이 국경을 넘는 일은 처음이라 신기했다. 버스는 이름을 읽을 수 없는 어떤 역에 멈췄다. 짐을 챙겨 숙소로 향했다. 슬로터데이크Sloterdijk. 훗날 이곳은 나의 암스테르담 첫 동네가 되었다.

암스테르담은 친절한 곳이었다. 네덜란드어를 전혀 할 수 없었지만 다들 영어를 잘해 큰 불편은 없었다. 기차역에서 옆에 있던 할머니에게 실례합니다, 하고 영어로 길을 물었는데 할머니가 한치도 주저하지 않고 능숙한 영어로 저기로 가면 된다고 대답했다. 친절했지만 그렇다고 너무 친절하지도 않았다. 과하지 않은 친절과 관심, 적절히 가능한 의사소통은 이방인의 마음을 편하게 했다. 무엇보다 8월 말은 암스테르담과 사랑에 빠지지 않을 수 없는 시기였다. 여름을 지나 가을의 초입에 들어서는, 비는커녕 청명하고 맑은 날씨가 계속되는, 그래서 많은 이들이 공원과 노천카페에서 햇빛을 즐기는 그런 때였다.

아시아 음식이 먹고 싶어 숙소 근처의 태국 음식점을 찾았다. 야외 테이블 중 빈자리에 앉았다. 옆 테이블에는 두 명의 남자가 앉아 있었다. 주문하고 음식을 기다리는데 이 동네 꽤 괜찮지 않느냐고 말을 걸어왔다. 낯선 풍경이었다. 평일 저녁, 사십대 초중반의 남성 두 명이 편한 옷차림으로 동네에서 저녁을 먹는 모습이라니. 오늘은 일을 하지 않느냐 물으니 쉬는 날이라고 했다. 한 사람은 주 3일을 일하는 파트타이머이고, 다른 한 사람은 주 4일을 일하는 정규직이라고. 파트타이머로 일하지만 정규직과 대우가 같아 주 3일 출근하는 것이 낫다고 했다.

2013년 EU 통계청 자료에 따르면 네덜란드의 국내 총 임금 근

로자의 50.8퍼센트는 파트타임 노동자로서, '임시직'이 아닌 전일제 정규직과 동등한 처우를 보장받는 '파트타임 정규직'이다. 그들의 삶은 '파트타이머'여도 '정규직'이어도 별다를 게 없었다. 그들에게는 얼마나 일하고 얼마나 쉴지 '스스로' 선택할 수 있는가가 중요한 문제였다.

네덜란드
필름아카데미를 만나다

+

암스테르담은 걸어서 시내를 다 둘러볼 수 있는 작은 도시였다. 오늘의 계획은 사전에 찾아둔 네덜란드 필름아카데미를 방문하는 것. 학교에 대해서 아는 것이라곤 공식 홈페이지 정보가 전부였다. 네덜란드 필름아카데미. 1958년에 세워진 암스테르담 예술대학 소속의 영화학교. 4년이 걸리는 학부과정은 영화 연출, 다큐멘터리영화 연출, 시나리오, 편집, 제작, 사운드 디자인, 촬영, 프로덕션 디자인, 인터랙티브 멀티미디어 및 시각효과 등의 전공으로 나뉘고, 석사과정은 영화를 통한 예술적 연구Artistic Research in and through Cinema로 2년 과정의 프로그램을 운영. 영화감독, 미디어 아티스트 등의 예술가들로 구성된 열 명의 소수 그룹을 중심으로 개인적이고 전문적인 계발에 초점을 두는 과정. 작업자로서의 고유한 정체성을 찾고 방법론을 습득하며 여러 영화적 실험을 통해 자신의 연구 과정과 결과를 개념화하는 것이 석사과정의 목표라고 했다. 다시 말하면 예술적 연구는 방법론이 아니라 결국 정신, 상태, 태도에 가까운데 '졸업 영화'를 완성해내는 데에만 집중하는 것이 아니라 연구 질문으로부터 시작하여 어떻게 발전시켜나갈지 그 '과정'에 집중하는 프로그램이었다. 다른 영화학교들과 다른 점이 바로 이거였다. 영어로 진행되는 2년 과정의 프로그램이라는 것도 장점 중 하나였다. 그 나라의 언어를 새로 배우지 않고, 영어를 기반으로 바로 작업을 시작할 수 있었다.

시내를 돌아다니다 학교 건물을 발견하면 산책자의 마음으로 사뿐히 둘러보려 했건만 입구에서 막혔다. 출입증이 있어야 들어갈 수 있는 구조였다. 닫힌 유리문 앞에서 어쩔 줄 몰라 하고 있으니 직원이 무슨 일이냐고 물었다.

"한국에서 글을 쓰고 영화를 만드는 사람인데 여기 석사과정에 관심이 있어서 오게 됐어요. 학교를 둘러보고 싶은데 가능할까요?"

그는 방문 약속을 하고 왔는지 물었다. 고개를 내저었다. 미리 약속을 잡고 오지 않으면 불가능하다고 했다. 짧게 둘러보는 것도 안 되느냐 물으니 오늘 마침 석사과정 학장이 출근했는데 바쁠 것 같긴 하지만 한번 물어보겠다고 했다. 지푸라기라도 잡는 심정으로 기다리고 있으니 출입문이 열렸다. 얼마 지나지 않아 학장이 1층으로 내려왔다.

당황스러웠다. 그저 조용히 학교를 둘러보고 싶었을 뿐인데. 영국식 억양의 영어를 구사하는 학장은 미카라고 부르면 된다며 악수를 청했다. 키가 꽤 크고 마른, 차가워 보이면서도 일은 엄청 잘할 것 같아 보이는 사람이었다. 방학인데 마침 일이 있어 나왔다며 운이 좋았다고 입을 열었다. 보통은 약속을 잡고 오는데 뭐 그렇지 않은 사람도 있을 수 있지, 하며 카페테리아로 안내했다. 건물 내부는 미음(ㅁ)자 형태로 되어 있었고, 3층과 4층 중간에는 하늘을 볼 수 있는 외부 테라스가 있었다. 미카는 날이 좋으니 야외 테라스에 앉자고 했다.

"그래서, 여기 석사과정에 관심 있다고요?"

단도직입적이었다.

"네, 프로젝트차 유럽에 왔는데 한번 둘러보면 좋을 것 같아 왔어요. 어떤 장비들이 있고 어떤 곳인지 보고 싶었거든요."

"여기서 뭘 하고 싶은데요? 홈페이지에서 봐서 알겠지만 이곳은 자신의 연구 주제를 영화라는 매체를 통해 탐구하고 발전시키는 프로그램이에요. 학부를 졸업하고 바로 오는 경우는 추천하지 않아요. 뚜렷한 연구 주제가 있고 현장에서의 작업 경험이 뒷받침되어야 하거든요. 이전에 학부 졸업 후 곧바로 석사과정을 시작한 학생이 있었는데 버거워하더라고요. 저희도 그랬고요."

"저는 농인인 부모님의 이야기를 다룬 다큐멘터리영화 〈반짝이는 박수 소리〉를 학부 졸업 영화로 만들었어요. 한국에서 극장 개봉을 해 관객들을 만났고 일본과 중국의 영화제에도 초청되었어요. 세 권의 책 작업을 했고, 얼마 전부터는 신문에 칼럼도 쓰고 있어요. 어떤 한계에 부딪혔고, 예술가로서의 지속가능성에 대한 고민을 하고 있어요. 그걸 찾고 싶어요."

얼떨결에 '입학 상담' 혹은 '사전 입시 질문'을 받게 된 나는 짧은 영어로 떠듬떠듬 그러나 진지하게 대답했다. 이럴 줄 알았으면 준비라도 해올걸.

"좀 어린 것 같은데 경험이 있으니 괜찮을 것 같네요. 다들 현장에서 경력을 쌓고 오는지라 연령대가 높거든요. 당장 다음달, 9월부터 새 학년 새 학기가 시작해요. 지원하고 싶다면 올해 말까지 기다려야 해요. 원서 마감은 내년 1월 중순이고요."

미카는 말이 끝나자마자 자신의 연구실로 안내했다. 아담하고 정갈했다. 최근 몇 년간의 졸업 전시 도록을 챙겨 받고는 학교를 둘러보았다. 영화학교답게 여러 개의 큰 스튜디오와 장비실이 있었다. 암스테르담 예술대학은 도시 중심에 위치한 학교라 단과대학이

한 캠퍼스에 모여 있는 형태가 아니라 도시 구석구석에 흩어져 있었다. 필름아카데미 건물은 크지는 않지만 있어야 할 건 모두 갖추고 있었다.

미카는 궁금한 것이 있는지 물었고 나는 학교를 둘러볼 수 있게 해주어 고맙다고 인사했다. 다시 만나자며 악수를 하고 헤어지는데 쿨했다. 과하지도 덜하지도 않은 적당한 관심과 친절. 무엇보다 일을 똑 부러지게 할 것 같은 저 여성이 학장이라니. 사전 약속도 하지 않고 찾아온 이에게 마음과 시간을 내어 학교를 소개하고 입학 상담까지 단번에 처리하는 저 열린 자세와 실용성! 단단히 반해버렸다. 어쩐지 이곳에 다시 오게 될 것만 같은 기분이 들었다. 시내 중심가를 향해 걸었다. 박물관 앞마당 잔디밭에는 일광욕을 즐기는 사람들이 있었다. 해가 지니 음악 페스티벌이 열렸고, 또래로 보이는 여자 두 명이 리듬에 맞춰 춤을 췄다. 자유로워 보였다. 이곳에 산다면 어쩌면 나도 저들처럼 몸을 움직여볼 수 있을지도 모른다.

돈을 버려도,
시간을 버려도,
괜찮아 경험

+

필름아카데미 추천서는 열아홉 살에 길 위에서 글을 쓰고 영화를 만들던 때에 만났던 어딘에게 부탁했다. 로드스쿨러라는 말을 처음 제안했고 바람 잘 날 없던 내 열아홉 살에 멘토로서 함께했던 스승. 지금은 길 위에서 배우고 놀고 연대하는 여행학교 로드스꼴라를 설립해 대표 교사로 일하는 어딘은 흔쾌히 그러겠다며 다음과 같은 추천서를 보내왔다.

추천서A Letter of Recommendation

_어딘(김현아. 작가, 여행학교 로드스꼴라 대표 교사)

나는 이길보라의 글쓰기 교사였다. 십대 후반 혼자 배낭을 메고 세계여행을 마친 그가 한국으로 돌아와 고등학교로 돌아갈 것인지 학교 밖에서 공부를 이어나갈지 고민하던 시기에 만났다. 학교 밖에서 배움을 이어나가기로 결정한 그가 마침 나의 글쓰기 클래스에 들어온 것이다. 덕분에 나는 그가 하는 작업을 지켜보는 행운을 누리게 되었다.

이길보라는 십대 때 이미 탁월한 다큐멘터리 작업을 완성한 감독이자 책을 출간한 작가가 되었다. 이길보라의 작업 스타일은 자신의 이야기를 글로 쓰고 그것을 바탕으로 영상 작업(다큐멘터리)을 하고 다시 그 둘을 결합해 책을 출간하는 형식으로 이어진다.

청소년 시기에 공교육 학교에 다니지 않고 학교 밖에서 공부하는 이들을 '로드스쿨러'(길 위에서 배우는 사람)라는 이름으로 명명하고 그 이야기를 담은 다큐멘터리 <로드스쿨러>는 당시 많은 청소년들의 지지를 받았다. 이길보라는 시나리오, 촬영, 편집, 후속작업을 혼자 해내고 이후 이어진 순회상영회까지 꼼꼼하고 성실하게 해냄으로써 다큐멘터리 장르에 대한 이해를 몸과 마음으로 충실히 체화해나갔다. 이 과정에 대한 이야기는 『길은 학교다』라는 책으로 출판되었고 '다른 삶의 방식'을 모색하는 청소년들에게 큰 힘이 되었다.

제도권의 바깥에 있던 이길보라는 다시 제도권 속으로 진입한다. 한국예술종합학교 영상원은 한국에서 영화를 전공하는 사람들이 가장 가고 싶어하는 예술전문학교다. 이길보라는 이곳에서 4년 동안 영상과 관련한 전문적인 지식과 네트워크를 차곡차곡 쌓아나갔다.

이길보라의 두번째 작품은 영상원 졸업 작품이기도 한 <반짝이는 박수 소리>다. <반짝이는 박수 소리>는 코다 정체성에 대한 이야기다. 이길보라의 부모는 '들리지 않는 사람'이고 이길보라는 '들리지 않는 사람들의 딸'로 세상을 살고 있다. '다른 삶, 경계 지우기, 다양한 삶의 방식에 대한 모색'은 이길보라의 태생적 DNA일 수도 있겠다. <반짝이는 박수 소리>는 동명의 책으로도 출판되어 '코다'라는 단어조차 낯선 한국에서 많은 이들의 공감을 얻었다.

'나'와 '우리 가족'의 이야기를 다루었던 이길보라는 세번째 작업 <기억의 전쟁>에서 시야를 아시아로 확장한다. 베트남에서 일어난 전쟁이지만 미국과 일본, 캄보디아, 더 넓게는 체 게바라, 68혁명으로까지 연결되는 세계사적 이야기를 이길보라는 할머니의 기억에서 시작한다. 한국군의 베트남전 참전은 아직도 한국 사회에서 뜨거운 감자다. '젊은' '여성'이 이 이슈에 대해 이야기할 때 '군대를 다녀온 남성'들은 불편해한다. 이길보라의 카메라는 국가 혹은 남성의 시선이, 혹은 가부장성이 의도적으로 삭제하거나 누락한 이야기를 발견하거나 해석하는 작업을 할 것이라고 기대한다. 그리고 카메라가 못다 한 이야기는 다시 책으로 발간될 것이다.

자기 자신에서 가족, 아시아로 지평을 넓혀온 이길보라는 이제 그 시야를 유럽으로 확장해가는 듯하다. 네덜란드 필름아카데미에서 공부하게 된다면 이길보라는 동양과 서양의 경계를 넘나들며 더욱 풍성한 이야기꾼으로서의 자질을 키워나갈 것이다. 이는 동양과 서양 모두에 행운일 것이다. 국가와 국가, 군인과 민간인, 가해자와 피해자, 산 자와 죽은 자, 여성과 남성, 1세계와 3세계…… 이길보라 감독이 그 경계를 기꺼이 흔들기 바란다. 이길보라 감독의 새로운 도전에 네덜란드 필름아카데미의 아낌없는 관심과 애정을 부탁드린다.

합격 여부와 상관없이 이렇게 든든한 스승이 나를 지켜보고 있다는 걸 확인하는 것만으로도 원서를 준비하는 이유는 충분했다.

서류를 준비하며 전화영어 프로그램을 시작했다. 매일 저녁 영어로 말하는 25분은 영화 후반 작업을 하고 생계를 위한 일들을 해나가는 정신없는 와중에 내가 유학을 준비하는 사람이라는 걸 상기하는 시간이었다. 입시가 목적이었기 때문에 연구 주제에 관해 이야기해야 했음에도 불구하고 매일의 화제는 한국의 페미니즘과 정치 상황이었다. 필리핀에 사는 선생님은 나의 격앙된 목소리를 통해 한국의 페미니즘이 얼마나 뜨거워지고 있으며, 정치 상황은 어떻게 격변하고 있는지 보고받았다.

2017년 3월 10일, 박근혜 대통령이 탄핵되었다. '박근혜 대통령 탄핵 결정 판결' 뉴스 속보를 캡처하여 SNS에 올리려다보니 타임라인이 전부 같은 사진들로 가득했다. 추운 겨울, 주말을 반납하고 광장에 나가 촛불을 든 우리의 성과였다. 광장에서 시민들과 연대하여 바라던 것을 성취한 건 난생처음 하는 경험이었다.

며칠 후, 네덜란드 필름아카데미로부터 서류 심사에 합격했다는 메일을 받았다. 면접은 2017년 4월, 암스테르담에서 진행될 것이라 했다. 분명히 스카이프 등으로 면접을 볼 수 있다고 읽었던 것 같은데. 설레는 마음을 누르고 입시 요강을 다시 읽었다.

> 입학 시험에는 입시위원회와의 면접 과정이 포함되어 있습니다. 이 프로그램은 그룹 구성원들 사이의 의사소통을 중요시하기 때문에 면접 과정에서 후보자의 가능성을 들여다보고자 합니다. 스카이프를 비롯한 영상통화, 일반 전화 모두 이것을 확인하는 데 충분하지 않습니다.

아차, 잘못 읽었다. 그룹 구성원들이 서로에게 어떤 영향을 주고받을 수 있는지 확인하고 그런 그룹을 만드는 것이 중요하다는 내용이었다. 시간과 돈이 문제였다. 암스테르담에 다녀오려면 적어도 2주의 시간과 200만 원 남짓한 돈이 필요했다. 무엇보다 결과를 확신할 수 없는 채로 비용과 시간을 들여야 하는 게 어려웠다. 지인 몇몇이 학교마다 면접비가 제공되는 경우도 있으니 확인해보라고 했다. 필름아카데미측에서는 예산은 따로 없고 영상통화를 통한 면접 역시 권장하지 않는다고 했다. 고민에 빠졌다. 면접을 보고 합격한다고 해도 학비는 어떻게 마련할 것인가. 지금 진행중인 영화 후반 작업 일정 역시 문제였다. 합격한다면 거처는 언제 어떻게 옮겨야 하나. 날마다 새로운 걱정이 걱정 목록에 쌓였다.

가족 채팅방을 열었다. 어렸을 때부터 유학이 꿈이라고 노래를 불렀기에 다들 1차 합격 소식에 크게 놀라지 않았다. 나의 걱정 목록을 공유했다. 기쁘지만 면접을 보러 가려면 시간과 돈이 들고 이 모든 걸 투자해도 떨어질 가능성이 있으며 합격해도 장학금을 받을 수 있을지 알 수 없다고. 아빠는 이렇게 말했다.

"유학 가야. 생활비 도와줌. 걱정 마."

엄마도 "학비도 엄마가 해주마. 알바는 나중에 해"라고 했다. 하지만 학비와 생활비는 내가 감당하고 싶었다. 부모님으로부터 경제적으로 독립한 지 꽤 되었기 때문이다. 여러 장학금으로 학비를 면제받으며 아르바이트로 생활비를 벌었고, 대학생 전세임대주택 제도를 통해 월세 부담을 줄이며 나름 경제적으로 자립한 상태였다. 정신적·경제적으로 독립한 마당에 부모님에게 다시 손을 벌리고 싶진 않았다. 얼마만큼의 돈이 필요한지도 모르면서 생활비와 학비 모두 지원할 테니 하고 싶은 것 맘껏 하라는 부모의 그 밑도 끝도 없는 마음이 고마웠다.

"면접을 보러 가야 하는데 그것도 걱정"이라고 회신을 보냈다. 고민중이라고 했지만 면접을 볼 생각이었다. 그렇지만 떨어지면 어쩌나 불안했다. 붙어도 걱정, 떨어져도 걱정. 비행기표를 끊고 숙소를 예약했다. 엄마는 이렇게 말했다.

"가봐야 알 수 있으니까 무조건 가라."

엄마다웠다. 눈으로 직접 봐야만 알 수 있으니 가라. 당신들이 지닌 삶의 철학이었다. 유년기에 한글을 제대로 배우지 못해 신문은커녕 1년에 책 한 권도 읽어내기 어려운 당신, 그러나 그들에게는 몸으로 직접 부딪쳐 얻어낸 삶의 철학이 있었다. 엄마와 아빠는 자신만의 방식으로 삶을 마주했고 나는 그걸 보고 배웠다. 귀로 들을 수 없고 눈으로 정보를 습득하기 어려운 부모가 할 수 있는 건 직접 가보고 만져보고 만들어보고 몸으로 해내는 일이었다.

아빠가 매일같이 내게 하는 말이 하나 있다.

"괜찮아, 경험."

오늘 이런 일이 있었는데 다른 선택을 했더라면 더 좋았을 거라고 시무룩해하면 아빠는 이렇게 말했다. "괜찮아, 경험." 휴학을 하고 매일같이 이곳저곳을 돌아다닐 때도 아빠는 말했다. "괜찮아, 보라 경험." 어느 날, 임플란트를 하고 턱이 잔뜩 부은 사진을 찍어 보냈을 때도 아빠는 똑같이 말했다. "괜찮아, 경험." 내가 무엇을 하든, 성공을 하든 실패를 하든, 돈을 버리든 시간을 버리든 아빠는 이렇게 말했다.

"보라야. 괜찮아, 경험."

엄마와 아빠의 그 밑도 끝도 없는 유쾌함과 모든 것에 대한 긍정적인 태도. 나는 그 말에 마음을 다잡고 고개를 끄덕였다. 맞아, 나는 부모로부터 삶을 마주하는 법을 배웠지. 그래, 여태까지 그래왔던 것처럼 두 눈으로 직접 봐야지. 그곳이 어떤 곳인지, 어떤 멘토들과 선생님들이 그 학교에 있는지, 어떤 구성원들과 연구를 하게 될지 몸으로 직접 마주해야지.

당신의 그 말에 용기를 얻었다. 붙어도 경험, 떨어져도 경험이다. 눈으로 보지 않으면 모르는 거니까. 옆에서 누가 그게 좋고 저게 좋다고 아무리 얘기해도 내가 해보지 않으면 알 수 없는 거니까. 그 기회를 걱정만 하다 날려버리는 건 엄마, 아빠의 방식이 아니니까. 괜찮아, 경험. 나는 그렇게 네덜란드로 향했다.

내겐 너무
어려운 파티

+

네덜란드 필름아카데미 석사과정 면접은 사흘에 걸쳐 진행되었다. 면접 심사에 스무 명이 선발되었고, 그중 열 명을 최종적으로 선정할 것이라 했다. 면접과 별개로 재학생들이 준비한 저녁식사가 있었다. 멀리서 온 지원자들이 재학생을 만나 이야기를 주고받으며 이곳에서의 연구 및 작업, 생활에 대한 전반적인 이야기를 나누는 파티라고 했다. 지원자들끼리 만나 네트워크를 형성할 수 있는 기회이기도 했다.

그러나 파티가 하필 면접 전날이었다. 시차적응도 아직 채 못했는데 엄청나게 많은 사람을 만나야 한다니. 가슴에 묵직한 돌 하나가 놓인 듯했다.

숙소에서 빌린 자전거를 타고 필름아카데미 근처의 영화관인 크리테리온Kriterion으로 향했다. 시내로 가려면 큰 호수가 있는 공원을 지나야 했는데 산책로에서 소를 만났다. 아니, 네덜란드 수도에서 소라니? 뿔도 달려 있었다. 사진을 찍고 싶었지만 꽤 큰 크기에 겁이 나 빠른 속도로 페달을 밟으며 황급히 사진을 찍었다. 알고 보니 우버란던 공원에는 하이란드 카틀이라는 종의 소가 살고 있으며, 이 공원과 맞닿은 더 큰 규모의 암스테르담 보스 공원에는 소를 비롯해 많은 종류의 새와 식물이 살고 있다고 했다. 색다른 경험이었다.

두번째로 만난 시내 중심가의 폰덜 공원에는 사람들이 일광욕을 즐기고 있었다. 삼삼오오 모여 돗자리를 깔고 맥주를 마시는 사람들, 조깅하는 사람들, 자전거를 타고 퇴근하는 사람들, 산책하는 이들이 저마다 다른 모습으로 햇빛을 즐겼다. 한국에서의 내 일상과는 다른 모습이었다. 집에서 조금만 걸어나가면 산책할 수 있는 공원이 있고, 오후 네다섯시면 퇴근하여 하늘을 보며 누울 수 있는 여유 있는 삶이라니.

카페는 사람들로 가득했다. 약속 시간이 되자 사람들이 하나 둘씩 모였다. 다들 어디서 왔느냐며 이야기를 시작했다. 옆에는 이 근처에 산다는 이스라엘 국적 작가와 베를린에서 사운드 작업을 하는 작가가 있었다. 다들 사교적이었다. 베를린에서 온 작가는 유독 조용했는데 나는 슬쩍 이렇게 사람 많은 곳은 어렵고 힘들다고 속내를 털어놓았다. 그 역시 고개를 끄덕였다. 사람은 큰 무리 안에서도 자신의 편을 알아보는 법. 나는 처음부터 끝까지 그와 함께하며 낯설고 민망한 자리를 사람들을 관찰하며 버텼다. 흥미로운 점은 지원자들의 나이였다. 생각보다 나이대의 스펙트럼이 넓었다. 오늘 면접을 보고 왔다는 지원자는 네덜란드의 다른 대학에서 영화를 가르친다고 했다. 엄마뻘쯤 되어 보인다고 생각했는데 내 나이대의 아들이 있다고 했다. 이미 대학에서 영화를 가르치는데 왜 이곳에 지원했는지 물었다.

"나만의 연구를 진행할 시간과 공간이 필요해서요. 배우는 데 나이는 중요하지 않죠."

기존 리서처들(필름아카데미에서는 '학생'이라는 표현보다 연구원이라는 뜻의 '리서처'로 부르는 것을 선호한다) 중에는 미국에서 온 학생도 있었다. 유럽 바깥에서 왔다는 동질감으로 왜 미국이 아닌 여기서 공부하기를 택했느냐고 물으니 미국과 이곳의 경험은 확연히 다르다고 했다. 가만 보니 유럽 외 지역에서 온 학생은 별로 없었다. 한국에서 왔다고 하자, 다들 비행기를 타고 여기까지 왔느냐고 물었다. 나 빼고는 모두 비슷비슷해 보였다. 처음 만났는데도 아무렇지도 않게 서로 볼에 뽀뽀하며 이야기를 주고받을 수 있는 사람들이라니. 카페는 갈수록 시끄러워졌고 점점 누가 무슨 이야기를 하는지 알 수 없게 되었다. 소음도 소음이었지만 시차도 문제였다. 게다가 유럽식 영어는 내가 배운 미국식 영어 발음과는 아주 달랐다. 리서처 중 한 명이 무언가를 물었다. 무슨 말인지 알아듣지 못했다. 한 명씩 돌아가면서 대답을 하는데 주변이 너무 시끄러워 들을 수도 없었다. 무슨 질문이었는지 묻기에는 너무 늦어버렸다. 대답하지 못하고 멋쩍게 웃었다. 시끄러워 잘 들리지 않는다고 하자 그는 우리를 데리고 바깥으로 나갔다. 에라, 술기운이라도 빌리자. 맥주를 두 잔이나 마셨다. 얼굴이 새빨개졌고 정신이 하나도 없었다. 땅 밑으로 꺼지고 싶다는 생각뿐이었다. '낯설고 어색해 말도 제대로 못하는데 내일 면접은 어떻게 보지' '이들은 나를 어떻게 생각할까' '왜 나만 이렇게 소극적이고 내향적인 것일까' 하는 생각이 머릿속을 가득 채웠다. 지구상에서 사라질 수 있다면 당장이라도 그렇게 하겠다고 백 번 정도 생각했다.

두 시간쯤 지나자 하나둘씩 자리를 떴고 주위가 좀 조용해졌다. 이렇게는 집에 갈 수 없다는 오기가 생겼다. 자존심을 조금이라도 회복해야 했다. 다른 테이블에는 석사과정 1, 2학년들이 있었다. 그중에는 터키에서 남자친구와 함께 왔다는 리서처도 있었고, 콜롬비아에서 온 연구원들도 있었다. '전쟁과 여성, 기억'에 대한 연구를 하고 싶다고 소개하자 그들은 '기억'을 소재로 연구하는 리서

처들이 많다며 잘 왔다고 환영해주었다. 남미에서 벌어진 학살과 기억에 대해 어떤 프로젝트들이 진행되고 있는지 이야기를 들을 수 있었다. 이곳에서 공부한다면 비슷한 주제로 연구를 진행하는 이들과 만날 수 있을 터였다. 비로소 나의 자리를 찾은 듯했다.

'스무번째 지원자'가 아닌 '지원자 보라'

+

면접의 날이 밝았다. 며칠 전부터 도착해 불안에 떨며 영어로 자기 소개 연습을 하고 홀로 예상 질문을 던지고 받던 긴 시간들에 끝이 보였다. 애인도, 가족도, 친구도 없는 낯선 땅에서 면접을 준비하는 일은 불안하고 외로웠다. 지난해 여름과는 또다른 모습의 암스테르담이었다. 자존감은 바닥이었고 자신도 없었다. 그러나 오늘 면접만 끝나면 내 손을 벗어날 일이었다. 적어도 오늘만이라도 힘을 내보자고, 조금 더 사교적인 인간이 되어보자고 다짐하며 페달을 밟았다.

학교 건물에 들어서서 3층으로 향했다. 지난해 미카를 만난 곳이었다. 순서를 기다리고 있으니 프로그램 코디네이터가 손짓했다. 면접장에는 큰 원형 테이블에 여섯 명의 면접관이 둘러앉아 있었다. 외투를 벗자 키가 크고 마른 남성이 옷을 걸어주겠다고 손을 내밀었다. 알아서 할 수 있으니 괜찮다고 사양했다. 그가 조금 무안해하며 웃었다. 아차, 그 정도 친절은 받을 수 있었는데. 어색하게 돌아서니 학장을 비롯한 모두가 자리에서 일어섰다.

"저는 작년에 만났던, 기억하시겠지만 석사과정의 학장 미카고요."

"석사과정의 행정 업무를 맡은, 이메일을 주고받았던 크리스입니다."

"저는 문화인류학을 전공했고 영화를 만드는 로랑이고요. 여기 멘토이기도 합니다."

"석사 프로그램의 코디네이터 사빈입니다. 오늘 기록을 맡았어요."

"저는 다른 분들이랑 약간 다른데, 졸업생이고요. 심사에는 교수, 멘토뿐만 아니라 이 프로그램을 경험했던 졸업생의 관점과 의견 역시 중요해요. 졸업생들 대표로 오게 되었습니다."

"석사과정 멘토 중 한 명이고 저도 다큐멘터리영화 작업을 합니다. 샌더라고 해요."

모두들 짧은 자기소개와 눈인사를 했고 나는 고개를 숙였다.

"저는 한국에서 온 리…… 아, 보라. 보라라고 합니다. 만나서 반갑습니다."

면접 위원 여섯 명 중 네 명이 여성이었고 두 명이 남성이었다. 여성 학장 미카를 중심으로 구성된 면접 위원들에게 권위의식은 없어 보였다.

그들은 내게 어떤 작업을 해왔고 왜 이곳에서 공부하고 싶은지 물었다. 중점적으로 물어본 것은 여기서 어떤 연구를 하고 싶은가였다. 나의 연구 주제는 '전쟁에서 여성의 기억은 남성·국가의 기억과 어떻게 다른가'였다. 관련하여 베트남전 당시 한국군의 민간인 학살을 여성, 장애인, 전쟁 3세대의 시선으로 다룬 다큐멘터리 영화 〈기억의 전쟁〉을 제작중이라고 했다. 그러자 문화인류학을 전공하고 베트남에 관련된 작업을 해왔던 감독 로랑이 물었다.

"베트남전쟁은 다른 전쟁과 비교했을 때 여성의 기억이 많이 남아 있는 편이라고 알고 있어요. 전쟁에서 여성의 역할도 굉장히 컸고요. 이후 베트남 사회에서 여성들이 차지하는 사회적 위치와 영향력도 큽니다. 그런데 왜 여성의 기억이 중요하다고 하는 거죠?"

날카로웠다. 아시아가 아닌 이곳에서 베트남 상황에 대해 알고 있는 면접관을 만날 줄이야. 베트남에는 여성 박물관이 있어 여성들이 전쟁에서 수행한 능동적 역할을 소개하고 있고, 다른 국가에 비해 전쟁에서의 여성의 기억 또한 잘 보존되어 있는 편이었다. 그러나 내가 질문을 던지고 싶은 대상은 한국 사회의 기억이었다. 한국에서 '전쟁'은 대개 남성의 시각으로 말해지고 기록되고 기억되어왔다. "여자가 전쟁에 대해 뭘 알아"라는 말이 여성의 기억을 역사 속에 묻고 은폐해왔다. 한국이 기억하는 베트남전은 철저히 남성 중심의 시각에 기반한 것이었고, 나는 이제껏 한국 정부와 한국 사회가 외면했던 여성의 기억, 사적 기억들을 공적 기억으로 만들고 싶은 것이라 했다.

미카가 물었다.

"석사과정에 함께하게 되면 동료들에게 무엇을 줄 수 있을 것 같아요?"

연구 주제, 공부하고 싶은 이유, 앞으로의 작업들에 대해서는 세세하게 예상 질문을 뽑아놓고 철저히 준비했다. 그러나 이건 단 한 번도 생각해보지 못한 질문이었다.

"음, 좀 뻔하긴 하지만 다양성이요. 아시아의 한국에서 나고 자라 작업해오던 제가 함께 연구하게 된다면 동료들뿐 아니라 필름 아카데미에 한국인 작업자로서의 시각을 더할 수 있을 것 같아요. 이 석사과정에서 가장 중요한 요소라 생각하고요."

미카는 고개를 끄덕였다. 로랑이 "기억의 냄새, 촉감 등을 영화에 담고 싶다고 했는데 그걸 시청각 매체인 영상에서 어떻게 표현할 것인지" 같은 뾰족한 질문을 던졌지만 전반적으로 화기애애한 분위기였다. 어려운 질문에는 "나도 잘 모르겠지만 어떻게든 방법을 찾아보려고 한다"고 솔직히 대답했다. 질문을 알아듣지 못하거나 대답을 하다가 혼자 말이 꼬여 당황하면 미카와 샌더가 질문을 풀어 정리해줬다. 30분 예정이었던 면접은 한 시간째에 다다르고 있었다.

샌더가 마지막 질문인데 조금 우스울 수도 있지만 괜찮겠느냐고 물었다. 미카는 정색을 하며 마지막이니만큼 무게를 실어달라고 했다. 네덜란드식 유머인 듯했다. 함께 오래 일해왔던 이들만이 보여줄 수 있는 눈빛과 표정이었다.

그는 포트폴리오로 제출한 영화 〈반짝이는 박수 소리〉에 등장하는 남동생 잘 있느냐고 물었다. 다른 면접관들이 웃음을 터뜨렸다. 그 말은, 모두들 내가 참고용으로 제출한 영화를 봤다는 뜻이었다. 영화는 80분이나 되는 분량이었고, 이와 함께 현재 만들고 있는 영화의 트레일러를 제출했다. 꽤 많은 수의 지원자들이 원서를 내며 여러 개의 포트폴리오를 제출했을 텐데 그걸 일일이 다 보았다는 뜻이었다. '사려 깊다'라는 표현이 떠올랐다. 사실 그건 기본적인 것이었다. 포트폴리오를 제출하라고 했고, 지원자들은 자신의 세계를 보여줄 수 있는 작업들을 세심히 골라 제출했을 테니까. 그 기본적인 일을 시간과 마음을 들여 해내는 이들에게 새삼 고마웠다. 이곳까지 괜히 온 게 아니구나 싶었다.

면접 결과는 다음주 수요일 즈음 알려준다며 어떻게 연락을 받고 싶은지 물었다. 시차가 있으니 전화보다는 이메일을 주면 좋겠다고 했다. 복도를 지나 1층으로 향하는 엘리베이터 버튼을 눌렀다. 문이 열리자마자 눈물이 쏟아졌다. 지구 반대편에서 누군가가 나를 꼭 안아준 기분이었다. '스무번째 지원자'가 아닌, '지원자 보라'가 되는 경험. 지원자들의 경험과 앞으로의 연구 계획을 사려 깊게 살펴보며 석사과정의 새로운 구성원을 고민하는 사람들과의 만남. 내 생애 최고의 면접이었다.

건물을 빠져나오니 부슬비가 내렸다. 암스테르담의 전형적인 날씨였다. 목과 머리에 머플러를 두르고 숙소를 향해 페달을 밟았다. 연신 고맙다고, 잘했다고 중얼거렸다. 보라야, 잘했다. 누가 뭐래도 정말 잘했다. 여기까지 오느라, 힘내어 면접 보느라, 어렵게 파티에도 가고 사람들도 만나고, 면접까지 모두 다 끝내서 수고 많았다. 스스로를 독려하고 위로했다. 뒤에서 응원해준 이들에 대한 감사함에 눈물이 났다.

사람들에게는
각자의 이야기가 있지

+

애인이 사는 일본 도쿄로 돌아왔다. 그즈음 나는 도쿄에서 지내며 국제 연애를 하고 있었다. 장거리라기엔 시차가 없고 마음만 먹으면 오갈 수 있는 서울과 도쿄이긴 했지만 말이다.

처음 만났을 때 그는 도쿄에서 직장을 다녔고 나는 서울에서 작업을 하고 있었다. 한국과 일본을 오가며 관계를 지속하기로 했지만 생각처럼 쉽지 않았다. 몸과 시간, 비용을 내어 데이트를 해야 한다면 상대적으로 시간 여유가 있는 내가 몸을 옮기는 것이 나아 보였다. 작업은 도쿄에서 해도 되니까. 영화는 편집 구성안을 짜는 단계였고 딱히 서울에 있어야 할 이유도 없었다. 편집 장비와 옷가지를 쌌다. 도쿄에서 몇 달간 살아볼 생각이었다.

지인의 소개로 그를 만났다. 친구가 서울의 독립·예술 영화관을 둘러보고 싶다는데 아는 곳이 있다면 추천해달라는 거였다. 크리스마스였지만 별다른 약속도 없었고 연휴는 집에 틀어박혀 영화나 보며 보낼 작정이었다. 메일 창을 열어 애정하는 영화관들을 적었다. 그는 혼자 여행중이라 했다. 시간 되면 커피나 한잔하자고 했다. 그의 계획은 '연말연시에 이메일로 아주 자세한 목록을 적어 보낸 고마운 한국 독립영화 감독에게 커피를 한잔 사는 것'이었지만 우리는 만나자마자 사랑에 빠졌다. 커피 대신 밥을 먹었고, 그는 내게 어떻게 영화 만드는 일을 시작했는지 물었다. 열여덟 살 때 학교를 그만두고 여행을 간 이야기를 들려주었다.

"학교 그만두고 동남아시아로 배낭여행을 갔어요. 학교 밖에서의 경험을 바탕으로 영화를 만들고 책을 썼죠. 그게 재밌어서 계속하고 있어요."

그가 눈을 동그랗게 떴다.

"어, 저도 학교를 그만뒀어요."

중학교를 자퇴했다고 했다. 이리저리 방황하다 힙합을 했고, 미국으로 가 영화를 전공했다고 덧붙였다. 나는 그를 유심히 들여다보았고 그는 내 이야기를 사려 깊게 들었다. 그가 고른 식당은 하필 삼겹살과 주꾸미, 여러 야채를 동시에 구워 먹는 곳이었다. 그는 삼겹살을 처음 구워본다며 즐거워했지만 나는 정신이 하나도 없었다. 리필은 셀프였다. 나는 고기를 굽다가 이야기를 듣다가 영어로 대답하다가 달려가 야채와 쌈장을 가져오기를 반복했다. 고기는 맛이 없었지만 그는 괜찮은 사람이었다. 문제는 그의 리턴 티켓이었다. 당장 이틀 후면 돌아가야 하는 그를 두고 이 관계를 어찌해야 할지 고심했다. 집으로 돌아가는 길에 그에게 데이트 신청을 했다. 다음날 우리는 다시 만났고, 그다음날 동이 트자마자 비행기 표를 사 공항으로 향했다.

목적지는 후쿠오카였다. 연말 휴가로 한국에 들렀다 후쿠오카에 사는 부모님 댁을 방문하는 그의 여정을 따르는 수밖에 없었다. 너무 급한 건 아닌가 싶었지만 방법이 없었다. 나는 사랑에 빠졌고 그 시기는 하필 그가 1년 만에 부모님 댁을 방문하기 직전이었다. 내가 할 수 있는 일이라곤 그에게 부모님 댁에 가지 말고 나와 함께 연말을 보내자고 조르거나, 혹은 미친 척하고 함께 후쿠오카에 가는 것이었다. 그의 여동생은 어색하게 우리를 쳐다봤고 부모님은 태연한 표정을 지으려 애썼다. 나는 적절한 타이밍에 무슨 말인지 잘 모르겠다는 표정을 짓기만 했다. 그러나 이상하게 편했다. 그의 가족과 함께하는 온천 여행은 고즈넉하고 아름다웠다. "해피 뉴 이어!" 우리는 건배를 하며 새해를 맞았다.

+ '같다'라는 손짓

스물세 살 때쯤 만나던 사람이 있었다. 나보다 네 살이 많았던 그는 직업군인이었고 하루빨리 결혼하고 싶어했다. 얼마 되지 않아 그는 내게 청혼을 했다. 나는 그가 좋았고 그러자고 했다. 부모님에게 결혼을 생각하고 있다고 말해두었다. 그러나 얼마 뒤 그가 갑자기 헤어지자고 했다. 부모님이 반대한다는 것이었다. 나는 그의 부모님을 만나본 적도 없는데. 당황스러워 이유를 물으니 그가 말했다.

"네 부모님이 장애인이라서."

화가 났다. 어렸을 때부터 장애에 대한 편견과 싸워왔는데. 그게 내 삶의 전부를 이루었고 그것이 나를 성장하게 했는데. 내가 가장 사랑하는 이가 바로 그 편견 때문에 나와의 관계를 그만두겠다고 하다니. 삶에 일어나서는 안 될 일이 있다면 바로 이거였다. 어떻게든 그와 부모의 생각을 바로잡아야겠다고 생각했다. 그의 어깨를 잡자, 그가 말했다.

"솔직히 말할게. 우리 부모님이 너랑 결혼해서 아이를 낳으면 장애인이 태어날 확률이 높으니 안 된다고 하셨어. 우습고 웃기지? 그런데 나는 맞서 싸울 자신이 없어. 이제 그만하자."

최악이었다. 너무 충격적이라 무슨 이야기를 들었는지, 그게 어떤 문장이었는지 정확히 기억나지 않을 정도였다. 하지만 지고 싶지 않았다. 여기서 그만두는 건 신념에 맞지 않았다. 울고 또 울

다못해 악을 썼다. 그는 결정을 여러 번 번복했다. 그 횟수만큼 상처를 받고 또 받았다. 그와 헤어지는 일은 지난하고 어려웠다. 얼마 후, 엄마가 왜 헤어졌는지 물었다. 아무 말도 할 수 없었다.

후쿠오카에 도착하자마자 그에게 이 이야기를 들려주었다. 같은 일을 다시 경험하고 싶지 않았다. 그렇지만 부모를 설명하지 않고는 내가 누구인지, 내가 해왔던 작업이 어떤 것이었는지 말할 수 없었다. 나는 내가 어디에서 왔는지 이야기했다. 살짝 두려웠다.

그는 가족들과의 저녁식사에서 이 이야기를 들려주었다. 내가 자리를 비운 사이였다. 그러자 그의 어머니는 이렇게 말했다.

"사람들에게는 각자의 이야기가 있지. 보라도 그렇고, 보라의 부모님도 그렇고."

자리로 돌아온 나에게 그들은 아무것도 묻지 않았다.

몇 달 후, 그의 어머니가 도쿄로 출장을 오셨다. 어머니는 요새 한국 수어를 배우고 있는데 일본 수어와 많이 비슷하다며 주먹을 쥐고 검지와 엄지를 두 번 붙였다. '같다'라는 뜻의 한국 수어이자 일본 수어였다. 어머니가 손을 움직여 수어를 한 순간, 가슴이 벅찼다. 새로운 방식의 관계 맺음이 어쩌면 가능하겠다는 생각이 들었다. 생각해보면 이게 '기본'이고 당연한 '디폴트값'이다. 상대방을 이해하고 타인의 문화를 받아들이는 것, 그것이 관계 맺음의 가장 기본일 텐데 왜 그리 어렵고 힘든 것일까.

"굿 뉴스!"

+

필름아카데미에서 연락이 오지 않았다. 조바심이 났지만 후회는 없었다. 최선을 다했고 면접 분위기도 화기애애했다. 선정되지 않는다면 그건 내가 그룹의 성향과 맞지 않아서일 터였다.

그러던 중 메일 한 통이 왔다. 논의가 길어져 발표가 늦어질 거란 내용이었다. 적어도 이번주까지는 연락을 주겠다고 했다. 발신인은 미카였다. 결과가 늦어지면 합격자 발표 날 홈페이지 등을 통해 간단하게 지연 공고를 내기 마련이다. 그러나 공고일도 아니고 하루 전, 조교가 아닌 학장으로부터 양해해달라는 연락을 받은 건 이례적이었다.

물을 한 컵 마셨다. 어떻게 되든 몇 년은 한국 밖에서 살 터였다. 최종 합격해 석사과정을 밟게 되면 유럽에서의 생활이 시작되고, 그렇지 않으면 일본과 서울을 오가며 살게 될 것이다. 매일같이 계획을 세우며 주중에 해야 할 일, 이달에 해야 할 일, 올해 해야 하는 것들을 챙기는 나는 계획형 인간이지만 충동적으로 무언가를 결정하고 해버리는 걸 선호할 때도 있었다. 그런 일들이 더 많이 일어나기를 내심 바랐다.

다음날 저녁, 전화영어 수업을 하던 중이었다. 수요일은 프리토킹 수업, 즉 자유롭게 이야기를 주고받는 날이었는데 갑자기 컴퓨터 화면에 알림 하나가 떴다. '굿 뉴스Good News'라는 제목이었다.

보라에게.

조금 늦게 연락하게 되어 미안하다는 말을 전합니다. 우리는 올해 9월에 시작하는 석사과정에 당신과 함께하기로 결정했습니다. 어서 만날 수 있기를 고대합니다. 기쁜 소식을 전화로 알리고 싶은데 늦은 저녁일 것 같아 메일을 씁니다. 등록 및 학사 일정에 대해서는 코디네이터가 연락할 겁니다. 여름 잘 보내고 곧 뵙겠습니다.

"오 마이 갓!"

통화 도중 소리를 질렀다. 학장으로부터 합격 메일이 오다니. 수화기 너머에서 환호성이 들렸다. 눈물이 핑 돌았다.

문제는 '돈'이었다. 합격은 했는데 어떻게 학비와 생활비를 마련할 것인가. 네덜란드로 가기 전에 마무리해야 하는 일도 산더미였다. 학교에서는 입학 전 읽어볼 자료들과 봐야 할 영상자료 목록을 보내주었지만 들여다볼 시간이 없었다. 떠나기 전에 해야 할 영화 후반 작업이 남아 있었고 네덜란드에서 살 집을 알아보고 거주허가증을 신청하는 등 복잡한 절차들도 줄줄이 이어졌다.

가장 먼저 장학금을 찾아보았다. 그러나 예술 전공, 무엇보다 '순수예술'로 분류되지 않는 '영화'를 전공하는 학생, 개발도상국이 아닌 꽤 잘사는 나라에 속하는 '남한 출신'의 학생을 지원하는 장학금 제도는 없었다. 몇 달간 계속해서 찾아봤지만 국내의 장학금은 단 하나도 지원할 수 없었다. 그러던 중 학교측에서 지원서에 장학금이 필요하다고 적은 것을 봤다며 1년 학비에 해당하는 네덜란드 정부의 홀란드 장학금을 받을 수 있도록 추천해주겠다고 연락이 왔다. 자국민을 비롯해 EU국가 학생들의 학비는 연 2000유로였고, 나같이 EU국가가 아닌 나라에서 온 학생은 연 5000유로를 내야 했다. 학비 부담을 덜었으니 다음은 생활비였다.

이제 코다들이 지원할 수 있는 일회성 장학금에 기대보기로 했다. 크진 않았지만 코다라는 이름으로 받을 수 있는 장학금으로는 유일했다. 몇 달 후, 기쁜 소식이 들려왔다. 전 세계에서 백 명 정도의 코다들이 지원했는데 최종적으로 여섯 명을 선정하였고, 내가 그중 가장 높은 금액을 받게 되었다는 연락이었다. 기뻤지만 동시에 먹먹했다. 우리 가정이 불우해서가 아니라 내가 '코다'라서 받는 지원이라니. 선정 메일에는 내가 코다로서 그동안 얼마나 애써왔고 잘해왔는지를 격려하고 용기를 북돋는 내용이 담겨 있었다. 나와 비슷한 경험을 하며 자라왔을, 그 경험을 바탕으로 장학금 제도를 만든 사람들. 전 세계의 코다들을 엮어내기 위해 이 일을 해왔을 코다 선배들에게 엄청난 지지를 받았다는 사실이 더 크게 다가왔다.

국내에서는 단 한 곳의 장학금도 지원할 수 없었지만 적어도 내가 속한 필름아카데미와 코다 공동체에서는 나를 지지하고 응원한다는 것에 감사했다. 그러나 큰 고민 하나가 남아 있었다. 2년간의 생활비였다.

크라우드 펀딩
장학금 마련기

+

네덜란드의 주거비는 생각보다 비쌌다. 학생들이나 이삼십대 직장인들은 아파트를 하나 빌려 부엌과 화장실을 공유하고 각자 방 하나씩을 쓰는 플랫 셰어Flat Share를 한다고 했다. 그 비용이 최소 500에서 700유로, 한국 돈으로 66만 원에서 95만 원 정도였다. 유로에서 원화로 주거비를 환산하고 생활비를 더해 필요한 금액들을 계산해보니 어쩐지 억울했다. 예술가, 작업자로서의 지속가능성을 고민하고 모색하기 위한 이번 유학이 나만을 위한 것이라고 생각하지 않았다. 내가 해나갈 작업들은 지구에 폐를 덜 끼치려고 노력하는 일이자 아름다움을 좇는 일이라고 확신했다. 앞으로 써나갈 글들과 만들어갈 영화가 나만의 성취가 아닌 이 사회를 위한 것이라 믿었다. 그렇다면 그건 내 개인과 부모만의 부담이어서는 안 되지 않나. 그런 생각을 하다보니 이 시스템에 균열을 내야겠다고 판단했다. 장기적인 관점에서 봤을 때 내가 유학을 통해 작업자로서의 삶의 방식을 고민하고 어떤 작업을 해나갈 수 있을지 그 지속가능성을 탐색하여 글과 영화라는 결과물을 통해 사회에 환원한다면, 나아가 그것을 접한 이들이 또다른 가능성을 발견할 수 있다면 그건 꽤 괜찮은 교환이 아닌가? 그런 의미에서 '이길보라의 성공적 유학을 위한 크라우드 펀딩 장학금 모집'을 기획했다. 말 그대로 크라우드 펀딩이었다. 물론 백 퍼센트 성공할 거라고는 생각하지 않았다. 하지만 시도 자체로 충분한 의미가 있었다. 돈이 없어도, 가정환경이 넉넉하지 않아도, 다른 방식으로 문제를 해결해보려는 시도. 이건 나 개인을 위한 시도일 뿐만 아니라 나와 같은 처지에 있거나 비슷한 생각을 하고 있는 다른 이들을 위한 것이기도 했다. 돈이 없다고 공부를 못하고, 유학을 가지 못하고, 작업을 이어나가지 못하는 것은 장기적으로 사회의 손실 아닐까.

시작은 창대했다. 페이스북에 글을 올렸다.

이길보라의 네덜란드 유학을 위한 크라우드 펀딩 장학금을 모집합니다

내용은 이러했다. 작업자로서의 지속가능성을 찾고 확장하기 위해 네덜란드로 유학을 가려고 한다. 아르바이트를 줄이고 최대한 공부에 힘을 쏟고 싶은데 생활비가 빠듯하다. 그동안 이길보라에게 밥 한번 사주고 싶다고 노래를 부르셨던 분들, 아이스크림 하나 사주고 싶다고 기회를 노리셨던 분들, 이번 크라우드 펀딩 장학금의 기회를 놓치지 마시라! 리워드는 없지만 향후 우리 사회에 도움이 되는 글을 쓰고 영화를 만들겠다고 선포했다.

글을 올리자마자 반응이 뜨거웠다. 많은 이들이 격려와 지지의 댓글을 달았다. 공유 수도 많았다. 크라우드 펀딩 시도는 처음이 아니었다. 열여덟 살에 다니던 고등학교를 그만두고 여행을 떠나기 위해 후원을 받은 경험은 내 삶의 터닝 포인트였다. 이번에도 나를 지지하는 이들의 마음이 모여 어떤 전환점을 만들고 있었다.

하지만 욕도 많이 먹었다. 페이스북에 글을 쓴 이후 매달 쓰던 신문 칼럼에도 크라우드 펀딩 장학금을 모집하고 있다는 내용으로 칼럼을 실었다. 후원을 더 받고 싶어서가 아닌, 시도 자체를 알리고 싶어서였다. 후원 계좌와 같은 정보 역시 싣지 않았고 어디서 후원 정보를 찾을 수 있는지도 공개하지 않았다. 온라인 뉴스 댓글창에 무수한 악플이 달렸다. "거지냐" "구걸하냐" 등의 내용이었다. '종북'이라는 단어도 있었다. '기본소득'과 '종북'을 연결하는 논리였다. 너 혼자 즐기겠다는데 왜 사람들이 돈을 줘야 하냐, 네가 알

바해서 벌어 써라, 그런 말들이 홍수처럼 넘쳤다. 한 지인은 개인적으로 유학을 가는데 왜 공개적으로 후원을 받는지 이해할 수 없다며 나를 암시하는 글을 SNS에 올렸다. 내 이름을 적시하고 공개적으로 비판한 건 아니라서 대응할 수도 없었다. 영화를 불법으로 다운받고 음악을 공짜로 듣고 책을 무료로 읽으며 예술가의 창작물을 소비하면서, 왜 그에 대한 비용을 후원의 형태로 지불하는 건 안 된다는 걸까. 예술가는 무조건 가난해야 하고 그 고통을 바탕으로 창작해야 한다는 낡은 생각, 다큐멘터리영화 제작은 헝그리 정신으로 해야 한다는 생각, 돈이 없으면 아무것도 하지 못한다는 생각 등 이렇게 우물쭈물하다가는 그런 생각들에 잠식당하고 말 것 같았다.

또한 크라우드 펀딩은 몇 달간 부딪혔던 한계에 질문을 던지는 일이었다. 국가 장학금을 비롯해 예술 분야에 대한 민간 장학금의 폭이 턱없이 좁은 한국 사회. 크라우드 펀딩은 이것을 어떻게 타파해나갈 수 있는지에 대한 문제 제기이자 나름대로의 돌파구 찾기였다. 하고 싶은 일을 기존과는 다른 방식으로 헤쳐나가는 이들과 사례가 많아져야 한다는 것은 나만의 생각은 아닌 듯했다. 나의 뻔뻔한 시도를 응원하고 지지하는 이들이 꽤 많았기 때문이다.

이길보라의 유학을 위한 크라우드 펀딩 장학금은 글을 게시한 2017년 8월 24일부터 모금되었다. 지인 중심이었지만 신문에 칼럼을 쓴 이후로 모르는 이들로부터 후원 계좌를 묻는 메일을 받았다. 총 59명으로부터 후원을 받았고 약 1천만 원의 장학금이 모였다. 대부분 실명이었지만 그중에는 이름을 기입하지 않은 이들도 있었다. '보라 응원해!' '행복한공부홧팅' '무명' '열공하세욧' '빵과 커피' 처럼 문구나 닉네임을 적은 이들도 있었다. 그중에는 자신이 먹을 빵과 커피를 아껴 보내주는 이들도 있었고 결혼하면 주려고 했는데 유학을 선택했으니 유학비에 보태라며 앞으로는 알아서 살길을 도모하라는 독설과 함께 거금을 보내주신 친척 어른도 있었다. 유학비를 전부 마련한 것은 아니었지만 내가 받은 그 어떤 장학금보다 크고 든든했다. 마음이 놓였다. 덕분에 맛있고 건강한 것을 챙겨 먹으며 공부할 수 있게 되었다. 하늘을 조금 더 쳐다볼 수 있는 시간을 번 셈이었다.

+ 보라야, 잘살아라

출국일이 다가왔다. 우체국에 가서 박스 두 상자 분량의 겨울 옷들을 배편으로 부쳤다.

그리고 대전에 내려가 할머니에게 인사드렸다. 엄마와 아빠도 함께였다. 애인은 내 출국 일정에 맞춰 서울로 와서 주말을 함께 보낸 후, 아빠의 차를 타고 공항으로 향했다. 가족이 공항으로 배웅을 나오는 것은 처음이었다. 열여덟 살에 배낭 하나 짊어지고 8개월간 여행을 떠날 때도, 돌아올 때도 나는 혼자였다. 물론 가족들이 멀리 산다는 이유도 있었지만, 다른 사람들이 공항에서 가족들을 껴안는 모습을 보면 내심 부러웠다. 회사 출근으로 함께 오지 못한 엄마는 서운해했다. 집을 떠나는데 동생이 손을 흔들었다. 이제 한동안 동생과 함께 살지 못한다는 것이 아쉬웠다.

공항에 도착하여 애인은 도쿄로 돌아갈 항공편의 출국 수속을 했고, 나는 암스테르담으로 향하는 탑승권을 받았다. 아빠는 가기 전에 밥을 먹자며 식당으로 우리를 데려갔다. 커피도 마셨다. 아빠는 그 모든 것을 사겠다며 신용카드를 건넸다. 그러고는 "잘살아라"라는 말을 던지고 내 뒷모습도 보지 않고 집으로 향했다. 보통 가족들과 헤어지면 모습이 사라질 때까지 손을 흔들어야 하는 것 아닌가. 하지만 아빠는 쿨했고 우리는 그런 사이였다.

배낭에는 노트북과 외장하드, 서류들이 담겨 있었다. 무거운 하드디스크 스토리지도 함께였다. 모든 것을 짊어지고 네덜란드로 향하는 비행기를 탔다. 비슷한 시각, 애인도 도쿄로 돌아가는 비행기를 탔다. 알 수 없는 감정들이 둥둥 떠다녔다. 잠시 후, 나는 한국과는 아주 멀고 낯선 그곳에서의 일상을 시작할 터였다.

2부

화장을 안 해도
어제와 똑같은 옷을 입어도

암스테르다머가 되는 법

+

입국 수속을 마치고 수하물을 찾아 밖으로 나왔다. 저녁 여덟시가 되어가는데도 이른 오후 같았다. 곧 가을이라 두꺼운 옷들만 챙겼는데 낮에는 얇은 옷이 필요할 것 같았다. 계절이 바뀌기 전이었다.

여행을 좋아하지만 매번 어려운 일을 하나 꼽자면 낯선 도시에서 숙소 밖으로 첫발을 떼는 것이다. 약간의 호기심과 허기로 숙소를 나서면 금세 탐험가 모드로 변하곤 하지만 말이다. 암스테르담에 도착한 다음날도 마찬가지였다. 시차적응을 하지 못해 밤잠을 설치다 잠을 깼다. 은행에 가야 했다. 당장 다음주부터 시작되는 새 학기 시간표는 빡빡했다. 학기가 시작하기 전에 해야 하는 일들을 확인했다. 은행 계좌를 만들고, 거주허가증을 발급받고, 학생 아파트에 입주하여 짐을 정리하는 일을 이번주 안에 끝내야만 했다.

서류를 챙겨 숙소 근처의 은행으로 향했다. 계좌를 여는 일은 어렵지 않았다. 등록금 납부 확인서와 여권, 체크카드 기능을 하는 핀카드 등의 각종 서류를 받아볼 주소만 있으면 됐다. 네덜란드에서 처음 보는 은행, 관공서 업무라 제법 긴장했는데 영어에 능숙한 직원이 깔끔하게 처리해주었다. 그때는 몰랐다. 계좌 개설까지 무려 5주가 걸릴 줄 말이다. 오지 않는 서류를 기다리며 매일같이 네덜란드 내 온라인 한인 커뮤니티와 블로그를 검색했다. 비슷한 사례가 많았다. 누군가는 인내하라고 했고 어떤 사람은 가서 따져야만 일 처리가 된다고 했다. 5주 후, 서류가 도착했다. 그걸 들고 우체국에 찾아가자 내 이름이 적힌 서류를 줬다. 카드 비밀번호였다. 복잡하지만 어쨌든 계좌가 생긴 것이다. 5주를 기다리면 어쨌든 일 처리가 되긴 된다는 걸 깨달았다. 다만 일이 잘 진행되고 있는지 확인해야 하고 소요 시간이 예상보다, 아니 한국보다 훨씬 더 걸릴 수 있다는 걸 유념한다면 말이다.

다음으로는 중고 자전거를 사야 했다. 숙소 근처에 자전거를 팔고 수리하는 곳들이 여러 군데 있었다. 인구 수보다 자전거 수가 많은 네덜란드에서는 흔한 풍경이었다. 학기가 끝나고 시작하는 즈음이라 타던 자전거를 내놓는 사람도, 구하려는 사람도 많았다. 괜찮은 자전거를 찾아 헤맸다. 그러다 맘에 드는 걸 발견하고 메시지를 보내면 팔렸다는 답장이 오기도 했고 영영 답이 오지 않기도 했다. 자전거를 사고파는 몇 개의 페이스북 그룹과 네덜란드의 '중고나라'인 마켓플라츠Marktplaats를 오가며 쉴새없이 '새로 고침' 버튼을 눌렀다. 아무런 성과 없이 몇 시간이 지났다. 오기가 생겼다. 오늘 안에 자전거를 구하지 않고는 숙소 밖으로 한 발짝도 나가지 않겠다! 이상한 각오를 하고 눈에 불을 켰다.

마켓플라츠는 영어 버전이 없어 구글 번역기를 이용해야 했다. 네덜란드 사람들은 영어를 잘했지만, 외국인 대상의 사이트를 제외한 대부분의 사이트는 네덜란드어로만 되어 있었다. 새로 고침 버튼을 누르자 뿌연 이미지 너머로 녹색 자전거가 보였다. 네덜란드의 자전거는 대부분 페달을 뒤로 돌려 정지하는 페달 브레이크 자전거였는데 이 자전거에는 핸드 브레이크도 달려 있었다. 가격도 60유로로 적당했다. 판매자에게 문자를 보내니 어느 상가 앞에서 만나자고 했다. 숙소에서 걸어갈 수 있는 곳이었다. 약속 장소에는 한 아저씨가 서 있었다. 손을 흔들었다. 아저씨는 자전거를 보여주며 타봐도 된다고 했다. 가까이 가니 술냄새가 났다. 아저씨는 왜 벌건 대낮부터 술을 마셨을까? 네덜란드에서는 훔친 자전거를 되파는 경우가 많다는 이야기를 들은데다 이곳에서의 첫 중고 거래였기에 의심스러웠다. 안장은 조금 높았지만 별다른 이상은 없었다. 은근슬쩍 오늘 무슨 날이냐고 물었다. 그러자 아들이 오늘 학교를 졸업했는데 기뻐 한잔했다고 했다. 자전거가 낡아 가격을 깎고 싶었지만 말을 더하지 않고 값을 지불했다. 자전거가 손에 익지 않아 어려웠지만 걷는 것보다 훨씬 편했다. 어느 방향으로나 잘 포장된 자전거 도로가 이어졌다. 역시, 자전거의 나라였다.

급하게 자전거를 산 이유는 다음날 학생 아파트를 계약하고 이민국에 방문해 거주허가증을 발급받아야 했기 때문이었다.

숙소에서 사회주택공사 이메러Ymere까지는 트램과 버스를 타고 45분 정도 걸리지만 자전거를 타면 30분이면 갈 수 있었다. 이제부터 매일 자전거를 타고 다닐 테니 하루빨리 적응해야 했다. 1970년대에 만들어진, 나보다는 스무 살이나 많은 더치Dutch 자전거와 첫 장거리 여행을 시작했다. 그런데 길을 모른다는 게 문제였다. 모든 것이 처음이었다. 건물, 익숙하지 않은 풍경, 가보지 않은 길. 물론 구글맵이라는 신문물이 있었지만 길이 어디서 어떻게 이어지는지, 길을 건너 좌회전해야 하는지 아니면 그냥 여기서 왼쪽으로 꺾으면 되는 것인지 알 수 없었다. 지도를 확인하고 싶은데 핸드폰을 꺼내 한 손으로 보면서 자전거를 몰아도 되는지조차 알 수 없었다. 차를 운전해본 경험도 없었다. 어디서 어떻게 우회전을 하고 좌회전을 하면 되는 것인가. 일단 머릿속으로 대충 길을 외웠다. 세 블록 더 가서 사거리에서 좌회전, 운하 다리 네 개 건너서 우회

전. 그러나 거기가 거기 같은 암스테르담의 무수한 운하와 운하 사이에서 몇 번이고 길을 잃었다. 설상가상으로 비가 내렸다. 와, 망했다. 입술을 꽉 깨물었다. 비가 조금씩 거세졌다. 네덜란드의 전형적 가을 날씨였다. 시간을 넉넉히 잡고 나왔지만 길을 여러 번 잃어 약속 시간이 얼마 남지 않았다. 비 피할 곳도 없었다.

다행인 건 한국에서 미리 레인 재킷을 사왔다는 것이다. 네덜란드는 우산을 쓰기 애매한 비가 시도 때도 없이 내리고, 매일 흐리고, 그러다가 해가 반짝 뜨고, 무슨 일이 있었냐는 듯 다시 비가 내리는 일이 가을과 겨울, 봄, 가끔은 여름까지 지속된다는 무시무시한 이야기를 들었기 때문이다. 그러나 색깔 요란한 등산복 스타일 재킷을 사고 싶지는 않았다. 한 브랜드에서 레인 재킷을 발견하고는 깔끔한 디자인과 저렴한 가격에 반해 지갑을 열었다. 그런데 문제는 기능까지 깔끔하고 저렴했다는 점이다. 점점 몸이 축축해졌다. 분명 방수가 된다고 했는데 주머니에 손을 넣어보니 어째선지 핸드폰이 젖어 있었다. 아시아의 '방수' 기능은 매일같이 비가 오는 네덜란드에서는 전혀 소용이 없었던 것이다. 그러나 후회해봤자 억수로 쏟아지는 장대비 속에서 할 수 있는 건 없었다. 젖은 손으로 메일함을 열어 초행이라 길을 잃어 조금 늦을 것 같다는 메일을 보냈다. 재킷을 살 때는 몰랐지, 허리까지 오는 짧은 옷이 아니라 엉덩이를 덮는 긴 재킷 스타일을 사야 한다는 걸. 어쩐지 맵시가 살지 않아 별로라고 생각했던 과거의 나를 규탄했다. 쫄딱 젖고 나니 이곳에서는 디자인보다 실용성을 중시해야 함을 깨달았다. 다리는 물론이고 양말까지 축축했다. 구글맵을 열어 방향을 확인했다. 그런데 이게 웬걸. 반대로 가고 있었다. 어라? 자전거를 돌려 왔던 길을 도로 달렸다.

'그런데 이쪽은 시내 방향인데?'

다시 지도를 확인했다. 방향 기능이 잘 동작하지 않는 듯했다. 아까 자전거를 돌리기 전이 맞는 방향이었다. 자전거를 다시 돌려 우여곡절 끝에 회사 앞에 도착했다. 고요했다. 건물은 마치 무슨 일이 있었느냐는 듯 평화로웠고 그곳에서 쫄딱 젖은 사람은 나 한 명뿐이었다.

계약은 일사천리로 진행되었다. 사전에 모든 서류를 점검하고 보증금 역시 지불한 터였다. 계약서에 서명만 하고 열쇠를 받으면 되었다. 살게 될 아파트는 대학과 협정을 맺어 일반인은 물론 학생 및 장애인, 노인 등의 사회적 약자에게도 공급한다고 했다. 사회주택 분양을 받기 위해 대기중인 이들에게 분양하는 집들도 있고 일반적인 시장가격으로 팔기도 했다. 소셜믹스 정책이었다. 열쇠 꾸러미를 받아 나오니 하늘이 맑았다. 하늘도 무심하시지.

이민국으로 향했다. 시내로 자전거를 타고 나가는 것은 처음이었다. 이민국은 암스테르담의 주요 관광지 중 하나인 하이네켄 회사 옆에 위치해 있었는데 이는 엄청난 무리의 관광객들이 다니고, 자전거가 정신없이 오가는데다가 차와 트램, 버스가 그 옆을 위험하게 지난다는 뜻이었다. 장소에 도착해보니 예상과 다르지 않았다. 게다가 8월 말, 끝내주는 날씨의 암스테르담이었다. 도시의 모든 이들이 햇빛을 즐기러 뛰쳐나온 듯했다. 과감하게 운전하면 되는데 우물쭈물하다 앞바퀴가 트램 레일에 빠졌다. 현지인들은 이렇게 저렇게 유턴하고 가로지르고 직진하고 잘만 하던데 그걸 따라하다가 빠져버리고 만 것이다. 다행히 사고는 없었지만 십대 후반 관광객으로 보이는 백인 소녀들이 나를 보고 깔깔 웃었다. 지나가던 한 여성이 괜찮냐고 물었다. 아, 괜찮아요, 고맙습니다, 하고 대답했다. 얼굴이 새빨개졌다. 황급히 자전거를 탔다. 아무렇지 않은 척 페달을 밟았지만 어쩌면 걔네들이 웃은 건 내가 작은 아시아인이어서일 거라는 의심이 들었다.

이민국에 도착하여 사진을 찍고 지문을 등록했다. 이방인들로 보이는 사람들이 체류 자격을 얻기 위해 분주히 오갔다. 나도 그중 하나였다. 거주허가증은 대학원 일정에 맞춰 2년의 유효기간으로 발급될 예정이었다. 그 이상 머물고 싶다면 졸업 이후 다른 비자를 받아야 한다. 졸업 후 나는 무엇을 하고 있을까. 새 비자를 받기 위해 여기 다시 오게 될까. 이제부터 이방인으로 이곳에 살겠지. 만감이 교차했다.

정장 차림의 총리도
자전거 출퇴근족인 나라

+

네덜란드는 자전거의 나라다. 한국에서의 생활과 비교해 무엇이 달라졌느냐고 묻는다면 매일같이 자전거를 탄다는 점을 가장 먼저 꼽을 것이다. 이곳의 날씨는 변화무쌍하다. 장마 기간 빼고는 대체로 화창한 날씨를 유지하는 한국과는 달리 하루에도 몇 번이고 흐렸다가 갰다가를 반복하는 날씨임에도 불구하고 이들이 매일같이 자전거를 타는 이유는 단순하다. 가장 빠르고 간편하기 때문이다.

네덜란드 인구는 1700만 명인데 자전거는 2200만 대라고 한다. 처음에는 관광객에게 빌려주는 자전거가 많아서라고 생각했는데 한 대학원 동기의 통학 방법을 듣고 나서 고개를 끄덕였다. 그는 매일 아침 집에서 자전거를 타고 델프트 기차역까지 간다. 자전거를 묶어두고 기차로 암스테르담까지 온 후, 두번째 자전거로 학교까지 간다. 살고 있는 도시에 한 대, 직장이나 학교가 위치한 도시에 한 대를 가지고 있는 것이다. 이렇게 자전거를 두 대 이상 가지고 있는 이들이 한둘이 아니니 인구수보다 훨씬 더 많은 자전거가 있다는 게 말이 된다.

모두가 자전거를 탄다는 건 이상적이다. 특히 나이, 성별, 계급에 상관없이 자전거를 탄다는 점에서 그렇다. 몇 년 전, 한국에서도 꽤 크게 회자되었던 '정장 차림의 총리도 자전거 출퇴근족'인 나라가 바로 이곳, 네덜란드다. 마르크 뤼터 총리는 인터뷰에서만 그렇게 말한 것이 아니라 실제로 매일 자전거를 타고 출퇴근을 한다. 정치인만 그런 게 아니다. 언젠가 자전거를 타고 암스테르담의 도심 중 도심, 담 광장Dam Square을 지나 집으로 향할 때였다. 누군가 뒤에서 나를 불렀다. 헤이, 헤이. 고개를 돌리니 빨간 자전거가 보였다. 학장 미카였다. 어라, 자전거, 그리고 학장? 생경한 조합이라 미처 상황 파악을 하지 못하고 자전거를 봤다가 미카를 봤다가를 반복했다. 그는 "보라, 자전거 정말 빨리 타네요" 하고 말했지만 나는 대답도 하지 못한 채 이 상황을 이해하려 노력했다.

"아니, 학장님. 자전거 타고 출퇴근하세요?"

"여기 사람들 다 자전거 타는데, 왜요? 총리도 자전거 타고 출퇴근하는데."

아니 그렇긴 한데…… 당황해하는 사이 신호가 바뀌었고 앞뒤 자전거들이 속도를 냈다. 정신없는 자전거 행렬 사이에서 내일 보자며 다급히 인사를 주고받았다. 집으로 향하는 내내 그 장면을 떠올렸다. 학장, 자전거, 미카. 자전거, 미카, 학장? 영화학교의 학장이라는 사람이 나처럼 자전거를 탄다니. 이게 말이나 되는 일인가.

그뿐만이 아니었다. 이들은 어렸을 때부터 자전거의 리듬을 몸으로 익혔다. 아이를 싣고 달리는 자전거가 한두 대가 아니었다. 매일같이 예고 없는 비가 내리고 겨울이 되면 눈발이 휘날리는데도 자전거 앞쪽에 설치한 안장에 아이를 태우고 달리는 사람들, 그도 모자라 뒤쪽에 안장을 하나 더 설치해 둘째를 앉히는 사람이 있는가 하면 자전거 앞쪽 상자에 아이 셋과 강아지를 싣고 달리는 카고 바이크까지. 그렇게 수많은 자전거들이 빠른 속도로 달리는데도 아이들은 평화로운 표정이었다. 아이를 태우고 달리는 아빠와 엄마들 역시 그랬다.

어느 날은 눈이 내렸다. 날이 추워 바닥이 얼었고, 미끄러워 천천히 달렸다. 옆에 카고 바이크 한 대가 보였다. 속도를 내어 추월하는데 상자 안에 작은 아이가 보였다. 아직 옹알이할 것 같은 어린 나이였다. 이런 갓난아기를 이 추운 날 자전거에 싣고 달리다니. 한국에선 그랬다가 주위 어른들에게 등짝을 맞을 텐데. 이들은 어렸을 때부터 이렇게 자전거에 대한 감각을 익혔다. 그러니 어찌 자전거를 타지 않을 수 있으랴.

무엇보다 인상적이었던 건 아이를 싣고 달리는 남성들이 많다는 것이었다. 복지 천국이자 성평등 지수가 높은 스웨덴, 덴마크, 노르웨이, 핀란드 등의 스칸디나비아 국가보다는 덜하다지만 내가 자란 한국과는 매우 달랐다. 언젠가 세탁소에서 옷을 찾아 귀가하는 듯 보이는 자전거를 지나친 적이 있다. 한 손으로 자전거 핸들을 잡고 다른 한 손으로는 옷가지들을 어깨에 걸친 남자였다. 오, 집안일을 분담하나보군. 흡족한 미소를 짓고 추월하는데 자전거 앞쪽 안장에 아이가 앉아 있었다. 빨래도 찾고 애도 태우고 간다니. 너무도 당연한 거지만 한국에서 자란 내게 그 장면은 무척 인상적이었다.

네덜란드의 자전거는 어떤 패션이든 훌륭하게 소화했다. 한번은 엘리베이터에서 핑크색 드레스와 높은 하이힐을 신은 여성과 인사했다. 졸업 파티에 간다고 했다. 어떻게 가느냐 물으니 자전거를 탄다고 했다. "그 옷을 입고?" 놀란 표정으로 머리부터 발끝까지 훑어보니 뭐가 어떠냐며 되물었다. 그렇다. 치마를 입고 하이힐을 신어도 자전거는 탈 수 있었다. 중학생 시절, 학교에 자전거를 타고 등교한댔다가 학생이 교복 치마 입고 그게 무슨 짓이냐며 혼났던 때가 떠올랐다. 그럼 교복 치마 대신 체육복 바지를 입으면 되지 않느냐고 반문했더니 더 호되게 혼났다. 그런데 그는 하늘하늘한 드레스를 입고 하이힐을 신은 차림으로 자전거를 탔다. 같은 하늘

아래 태어났는데 그는 그럴 수 있고 나는 왜 그럴 수 없었던 걸까.

+ 장애인이어도, 폭설이 내려도, 자전거는 달린다

자전거 도로에는 자전거만 있는 것이 아니었다. 전동형 휠체어, 누워서 타는 리컴번트 자전거, 1인용 전기차 등 다양한 모양의 탈것들을 하루가 다르게 마주쳤다. 그러던 중 학교 앞에서 바퀴 세 개가 달린 자전거를 발견했다. 페달로 추정되는 것이 바퀴가 아닌 자전거 손잡이에 달려 있었다. 이건 누가 어떻게 타는 걸까. 동기들에게 물어봐도 잘 모르겠다고 했다. 며칠 후 집에 가는 길에 그 자전거를 발견했다. 알고 보니 한쪽 다리에 장애가 있는 학부생의 것이었다. 어떻게 타는 것인지 궁금해 바짝 뒤쫓았다. 그는 안장에 앉아 앞쪽에 달린 페달을 손으로 돌렸다. 뒤처지지 않는 속도였다. 사진 한 장 찍고 싶었지만 신호가 바뀌었고 그는 유유히 사라졌다. 어떤 사용자 입장에서는 이런 다양한 탈것들이 불편할 수도 있다. 다른 자전거들과 크기나 속도가 다르니까. 그러나 여기는 암스테르담, 아무도 신경쓰지 않았다. 어차피 도로에는 제멋대로 생긴 탈것들로 가득했다. 조화로 온통 도배한 꽃자전거, 노란 형광색으로 페인트칠해 아무도 훔쳐갈 것 같지 않은 자전거, 전동식 휠체어, 카고바이크, 오토바이, 스쿠터, 2인용 자전거, 택배 등을 배달할 때 쓰는 전동용 짐차, 관광용 자전거 택시, 소형 전기차까지. 손으로 페달을 돌리는 자전거는 그사이에서 특별하지도 특이하지도 않은, 수많은 탈것 중 하나였다.

겨울 폭풍이 몰아치던 날이었다. 워크숍이 있어 학교에 가야 하는데 바람이 심상치 않았다. 자전거 타는 걸 포기하고 트램 정류장으로 향했다. 운하를 지나는데 바람골이었는지 강한 바람이 불었다. 만화 속 한 장면처럼 바람을 타고 날아갈 뻔했다. 트램에 올라탄 지 얼마 지나지 않아 방송이 들렸다. 승객들이 한숨을 쉬었다. 네덜란드어를 몰라 가만히 있으니 사람들이 하나둘씩 내렸다. 무슨 일이냐고 물으니 강풍이 불어 더이상 운행하지 않는다고 했다. 노 트램. 노 버스. 노 트레인. 오 마이 갓.

학교까지는 걸어서 40분이나 걸렸다. 어떤 교통수단도 없었다. 다른 노선의 트램을 탔지만 한 정거장 가서 멈췄다. 동기에게 전화해보니 곧 수업이 시작된다고 했다. 도대체 어떻게 학교를 간 거냐고 물으니 자전거를 탔다고 했다. 뭐라고? 강풍으로 지붕이 날아가고 나무가 뽑히고 자전거가 날아가는 판에? 힘들었는데 그냥 탔다고 했다. 할말이 없었다. 이제부터는 거대한 자연에 맞서 살아남아 도시를 일궈온 네덜란드인을 경외하기로 했다. 폭설이 내리고 강풍이 불어도 자전거를 타느냐고, 어떻게 그럴 수 있느냐고 물을 때마다 네덜란드 친구들은 이렇게 말했다.

"왜냐고? 일단 저기까지 가야 하니까."

필름아카데미에서의 첫 주

+

개강일이 되었다. 잠과의 사투 끝에 일주일 만에 시차적응을 했다.

암스테르담에 도착하기 전, 나는 한계에 다다른 상태였다. 내가 서울이 너무 시끄럽다고 매일같이 고통을 호소하자, 동료 중 하나가 "서울을 조용하게 할 수는 없으니 귀를 막아보는 건 어떠냐"며 노이즈 캔슬링 헤드폰을 추천해주었다. 가격 때문에 반년을 고민했지만 구입 후에는 고민만 했던 지난 반년을 후회했다. 신세계였다. 헤드폰을 끼고 노이즈 캔슬링 기능을 켜면 주변 소음이 거짓말같이 사라졌다. 완전히 들리지 않는 건 아니었지만 정신건강이 회복될 정도로 소음이 차단되었다.

엄마는 나보고 예민하고 까다롭다고 했다. 시각과 청각이 유독 민감했다. 농인 부모 아래 태어나 수어를 모어로 습득한 나는 청인과 비교하여 시야 자체가 넓었다. 수어를 쓰기 때문에 당연했다. 눈치도 빨랐다. 어렸을 때부터 통역을 해왔으니 상황을 파악하여 해석하는 능력을 일찍 습득할 수밖에 없었다. 세상 물정 역시 빨리 깨달아 시야 바깥에 있는 것들을 먼저 보고 생각하는 어른아이가 되었다. 청각은 뭐, 당연히 청정 구역에서 보존되어온 상태였다. 텔레비전을 소리 없이 보는 사람들 아래서 자랐으니. 혼자서 텔레비전을 보다가도 소리 듣는 일이 너무 피곤하다고 느끼면 볼륨을 아예 꺼버렸다.

부모와 함께 살 때는 몰랐다. 부모의 세상은 아주 고요한 곳이었으니. 독립하고 세상 밖으로 나오니 내가 속했던 세상이 바깥과는 조금 다르다는 걸 알게 되었다. 라디오를 듣는 일이 취미가 될 수 있다는 걸 알게 된 것도 십대 후반이 되어서였다. 그전까지는 음악을 듣는 습관을 아예 가져본 적이 없었다. 엄마, 아빠는 음악을 듣는 사람이 아니었으니까. 사람들은 종종 좋아하는 음악 장르가 무엇이냐고 물었다. 세상에서 가장 어려운 질문이었다. 취향이 형성되기 어려운 성장 배경인데다, 무엇보다 소리를 지속적으로 듣는 일이 무척 피곤했다.

그 증상은 당시 몇 년간 극도로 심해졌다. 열아홉 살의 나는 집회에 나가 사람들과 몸을 맞대고 밤을 새워도 그다음날 또 집회에서 소리를 지르고 함성을 들을 수 있는 사람이었는데 언젠가부터 집회라면 마음을 크게 먹어야 나갈 수 있었다. 사람이 너무 많기 때문이었다. 어딜 가나 사람 많은 도시에서 살아남으려면 사람을 피하거나, 보지 않거나, 듣지 않아야 했다. 지하철을 탈 때는 사람들이 가장 적은 끝 칸을 탔고, 버스를 탈 때에는 가장 앞자리에 앉았다. 소음을 차단하는 노이즈 캔슬링 헤드폰을 끼고 두 눈을 감으면 아무것도 보고 듣지 않고 목적지에 도착할 수 있었다.

공항은 내게 제일 어려운 곳이었다. 심호흡을 한 후 줄을 서야 했다. 마치 내게 말하는 듯 바로 곁에서 들려오는 목소리와, 조금이라도 빨리 가기 위해 앞사람과 몸을 밀착하여 줄을 서는 사람들 때문이었다. 나는 꽤 무거운 가방을 메고 무사히 그곳을 지나기 위해 귀를 막고 있었다. 그런데 뒷줄에 선 모녀가 자꾸만 내 가방에 몸을 기댔다. 불편했다. 어차피 한 줄 서기라 밀착한다고 빨리 가는 것도 아니었다. 몇 번이고 참을 인 자를 그렸다. 뒤를 돌아보기도 하고 몸을 흔들어보기도 하고 발을 쿵쿵 굴러보기도 했다. 하지만 전혀 눈치채지 못했다. 크게 숨을 들이마셨다. 이러다 정말 소리를 지르거나 누군가를 해칠 것 같았다. 이상행동을 하기 직전이었다. 헤드폰을 벗었다.

“죄송하지만 제가 이런 데 스트레스를 받아서요. 조금만 떨어져서 서 주실 수 있을까요? 몸이 너무 붙어서요.”

그들은 아니, 사람이 이렇게 많은데 어떻게 떨어져서 줄을 서느냐며, 사람이 서로서로 이해하고 살아야지 그런 것도 이해 못하냐며 고래고래 소리를 지르고 난리도 아니었다. 나는 애써 웃으며 말했던 걸 후회하며 헤드폰을 끼고 등을 돌렸다. 차단되지 못한 분노와 화가 들렸다. 정도가 심했다. 다 들린다고 그만하시라고 하자, 두 모녀가 바통을 주고받으며 삿대질하고 욕을 했다. 주변 사람들 모두가 우리를 쳐다봤다. 창피하고 억울했다. 혼자였고 아무것도 할 수 없었다. 마음속으로는 '이 구역 미친년'이 되어 아줌마랑 싸우고 싶은데 자꾸만 눈물이 났다. 내가 지금 이만큼 불편하고, 자칫하다 내 자신을 통제하지 못할 것 같으니 양해해달라고 했던 건데 그조차도 받아들여지지 않는다는 사실이 당황스러웠다. 서울에서 살아갈 만큼 충분히 무뎌지지 못하는 내가 싫었고, 당분간은 여기서 살 수 없겠다는 생각이 들었다. 그들 앞에서 울고 싶지 않아 빨개진 얼굴로 울음을 참았다. 그들은 계속해서 나를 노려봤다. 출국 도장을 찍고 그들의 시야에서 벗어나자마자 엉엉 울었다. 어디 얘기할 곳도 없었다. 동생에게 전화를 걸었는데 동생도 딱히 해줄 말이 없는 것 같았다.

"누나, 좀 있으면 출국하잖아. 진정해."

서울에서 사는 것은 그렇게 어려웠다. 나도 안다, 나 예민한 거. 엄마도 그렇게 예민해서 어떻게 사느냐고 물었다. 맞다. 그래서 못

살았다, 살기 힘들었다. 그렇지만 어떻게든 살아내고 싶었다. 민감하고 까다로운 사람들도 살아갈 수 있는 곳이 한국이었으면 좋겠다고 백만 번 생각했다. 그러나 쉽지 않았다.

자전거를 타니 사람들로 가득한 대중교통을 타지 않아도 되었다. 물론 네덜란드에서도 출근 시간에는 자전거, 전동 휠체어, 1~2인용 전기차 등의 온갖 탈것들로 가득한, 다른 모습의 교통 체증 풍경이 펼쳐진다. 하지만 상대적으로 여유롭다. 도심은 늘 관광객들로 붐비지만 무례하게 어깨를 치고 지나가는 일은 덜하다. 퍼스널 스페이스가 있다. 그러다보니 이곳에서 헤드폰은 더이상 필요하지 않았다.

학교에 도착하니 익숙한 얼굴이 보였다. 사진에서 봤던 덴마크 출신 동기였다. 인사할까 말까 고민하다 모른 척하고 학교 건물로 들어섰다. 원수는 외나무다리에서 만난다더니, 엘리베이터 앞에서 마주치고 말았다. 또다시 모른 척할 수 없었다.

"안녕! 아까 벤치에 앉아 있는 거 봤어. 나는 보라라고 해. 한국에서 왔어."

"나는 피터. 정말 멀리서 왔네. 반가워."

피터는 사회생활을 꽤 해본 것처럼 보였고 똑똑해 보였다. 북유럽식 억양이라 알아듣기가 어려웠다. 미국식 영어와는 매우 달랐다.

시간에 딱 맞춰 도착했더니 빈자리가 별로 없었다. 사진으로만 봤던 아홉 명의 동기들과 앞으로 함께하게 될 멘토, 교수진 모두가 앉아 있었다. 테이블 위 접시에는 사과와 오렌지가 가득 담겨 있었다. 낯익은 얼굴이라고는 면접 때 봤던 멘토와 미카, 프로그램 코디네이터뿐이었다.

"5분 정도 더 기다리려고 하는데 혹시 커피나 차 마시겠어요? 보라? 피터?"

미카는 사람들에게 일일이 무엇을 마시겠느냐 물었다. 극구 사양했다. 어른에게 감히 커피를 달라고 하다니, 그것도 학장에게! 있을 수 없는 일이지. 고개를 여러 번 흔들었다. 다른 동기들은 아무렇지도 않게 "저요, 커피" "저는 민트 티로 할래요" "카페 라테요" 하고 주문했다. 학장은 카페테리아에서 쟁반 가득 마실 것을 들고 와 "커피? 티?" 하며 주문한 이들을 찾았다. 과일도 얼마든지 먹으라며 손짓했다. 학장이 손수 커피를 타오다니. 잊지 못할 첫 주가 지나가고 있었다.

이토록 꿈같은 공간

+

조교실 벽에는 영화 〈델마와 루이스〉 포스터가 붙어 있었다. 1991년에 미국에서 개봉한 영화로 페미니즘 영화의 아이콘으로 불리는 영화 포스터가 여기 있다는 건 이곳이 곧 슈퍼 페미니스트 더치 언니들이 가득한 공간이라는 뜻이었다.

석사과정의 행정 업무를 맡고 있는 크리스가 입을 열었다. 단어 하나하나, 문장 하나하나, 어조 하나하나 똑 부러졌다. 무엇 하나 명쾌하지 않은 구석이 없었다. 미카는 크리스가 여성학을 전공했으니 혹 궁금한 것이 있으면 언제든지 물어보라고 소개했다. 크리스는 우리가 지켜야 하는 약속들을 가장 힘주어 설명했다.

"이 프로그램에서 가장 중요한 건 서로에 대한 신뢰입니다. 동기뿐만 아니라 학교의 모든 구성원을 존중하고 믿는 것이 프로그램의 기반이 되어야 합니다. 서로에 대한 책임과 의무를 다하는 것도 포함되죠."

코디네이터 사빈은 1학기를 비롯하여 전체 학기에 대해 전반적인 소개를 했다.

"이곳 석사과정은 그룹을 기반으로 영화를 통해 각자의 예술적 연구를 해나가는 것을 골자로 합니다. 아시다시피 총 2년 과정에 주관성, 방법론, 실험, 개념화로 나뉜 네 학기를 거치게 될 것이고요. 짧으면 일주일, 경우에 따라서는 몇 주에 걸쳐 워크숍을 하게 될 것입니다. 워크숍 일정 사이의 기간은 각자 자신의 연구를 진행하고 다음 워크숍을 준비하는 시간입니다. 아, 멘토링 제도를 빼먹을 수 없죠. 이 프로그램의 중요 요소 중 하나인데요, 연구를 처음부터 끝까지 봐주는 '지도 교수' 같은 것이라 할 수 있어요. 이번 주 중에 멘토들과의 짧은 면담을 갖고 매칭을 할 예정입니다."

오리엔테이션 주간에는 자기소개를 포함하여 어떤 작업을 해왔고 이곳에서 어떤 연구를 하고자 하는지 소개하는 시간을 가진다고 했다. 토론과 워크숍이 중심인 프로그램이기 때문에 서로를 알고 이전 작업들을 이해하는 것이 중요하다고 했다. 당장 그날 오후의 오디오 비주얼 프레젠테이션Audio-Visual Presentation에는 연구원뿐 아니라 멘토 및 교수진도 함께할 예정이었다.

오리엔테이션 내내 입을 다물지 못했다. 석사과정은 생각보다 체계적이었다. 학교 홈페이지의 정보와 동영상만으로는 실제 프로그램이 어떤지, 어떤 이들이 학교를 다니고 있는지, 졸업하고 나서 어떤 연구와 작업들을 해나가는지 알 수 없었던 것이다.

학장을 비롯해 행정조교, 학사조교는 똑똑한데다가 페미니스트 면모가 돋보였으며 멘토와 교수진의 팀워크가 대단했다. 게다가 연구비도 지급된다고 했다. 1인당 1천만 원 정도였는데 2년간 연구 및 필드워크에 필요한 교통비, 숙식비, 재료비로 사용할 수 있었다. 연구에 필요하다면 외부 멘토링이나 조언을 받는 비용으로도 사용할 수 있다고 했다. 생각해보면 당연했다. 외국에서, 그것도 주거비와 생활비가 비싼 암스테르담에서 연구 및 작업을 해야 하는데 연구비까지 개인적으로 마련할 수는 없었다. 졸업 영화를 만들기 위해 전세금을 빼고 아르바이트를 하는 게 아니라, 연구와 학업을 위해 연구비가 지원되는 것이다.

대망의 프레젠테이션 순서가 찾아왔다. 미카는 사진으로 가득한 키노트 파일을 열었다. 가장 먼저 눈에 들어온 건 영화 〈잔느 딜망〉의 한 장면이었다. 샹탈 아커만 감독의 작품 중 내가 가장 좋아하는 작업이었다. 여성이며 유대계이자 레즈비언인 샹탈 아커만은 벨기에의 영화학교에 다니다가 열여덟 살에 학교를 자퇴하고 혼자 영화를 만들었다. 첫 영화 〈내 마을을 날려버려〉의 주인공은 가부장제에 의해 억압된 공간의 상징인 부엌을 날려버린다. 짧지만 대담하고 인상적인 작업인데 영화를 본 사람이라면 부엌을 날려버리는 그 경쾌한 장면과 시도를 평생 잊을 수 없을 것이다. 영화 〈잔느 딜망〉은 샹탈 아커만의 첫 영화와 닮은 작업으로 1970년대를 대표하는 페미니즘 영화다. 3시간 21분의 길이를 자랑하는 이 영화에서는 주인공이 부엌과 실내, 침실에서 행하는 가사노동을 '리얼 타임' 그대로 볼 수 있다. 미카는 가장 좋아하는 영화라며 〈잔느 딜망〉을 소개했다. 아커만의 영화를 좋아하는 학장과, 영화 〈델마와 루이스〉가 자신의 십대를 사로잡은 인생 영화라고 말하는 조교라니. 어떻게 이런 이들이 모인 공간이 있을까.

한국에서 학부과정을 다니는 동안 큰 불만은 없었다. 하지만 학과에 여성 전임교수가 한 명도 없다는 건 놀랍고도 실망스러웠다. 교수 자리가 극히 적다는 건 알지만 다섯 명의 전임교수 중 여성이 한 명도 없다는 건 이해하기 어려웠다. 대학 내에서도 진보적이기를 자처하는 학과였다. 국가에 의한 폭력, 노동, 인권 등 다양한 사회적 문제를 다루는 커리큘럼이 있었지만 여성주의는 다뤄지지 않았다. 여학생이 더 많은 학과였는데도 그랬다. 대학 내에는 총여학생회가 없었고 여성주의 동아리, 소모임도 없었다. 그럼에도 다들 서로가 진보적이라고 믿었고 남녀평등의 가치를 추구한다고 믿었다. 나도 그렇다고 착각했다. "저는 페미니스트는 아니지만"이라고 말을 시작하던 때였다. 학내에 여성주의와 젠더 감수성이 부재하여 생기는 일들이 계속해서 터졌다. 그러나 어떻게 이 사건을 읽어내고 해결해야 하는지 알 수 없었다. 구성원들은 대개 참거나 묵인했다. 별다른 학습과 훈련 없이 '진보'와 '예술'이라는 이름으로 학내 사건들이 소리소문 없이 묻히거나 유야무야 덮였다. '페미니즘'은 담론화되기 어려웠다. 다들 예술가는 진보적인 사람들이며 진정한 예술은 그런 것들을 뛰어넘는다고 굳게 믿고 있었다. 아니라고 목소리를 내면 그거 하나 못 참고 어떻게 예술가가 되느냐며 지탄했다. '예술'이라는 이름으로 서로에게 무관심한 공간이기도 했다. 한국에서는 꽤나 진보적이고 창의적이라는 대학을 졸업한 나는 필름아카데미에 발을 딛자마자 휘청거렸다.

내 국적이 뭔지는
나도 잘 모르겠어

+

프레젠테이션이라면 자신 있었다. 어렸을 때부터 '발표'에 단련된 나였다. 제작중인 영화를 소개하기 위해, 영화를 만들고 난 후 관객들을 만나기 위해 무대에 서는 일이 많았다. 인생의 연대기를 비롯해 작업에 대한 이야기는 자다가도 읊을 수 있었다. 이번 발표 역시 그간 어떤 작업을 했고 무엇에 관심 있으며 연구 주제는 무엇인지 소개하는 자리였다. 식은 죽 먹기였다.

그렇지만 문제는 영어로 해야 한다는 것이었다. 언어가 다를 뿐 아니라 발표의 맥락 또한 달랐다. 이들은 나를 모르고 한국 역시 잘 몰랐다. 프레젠테이션 원고를 준비해 통째로 외웠다. 발표 준비에만 이틀이 걸렸다.

모든 동기와 멘토, 교수진이 참석한 15분짜리 프레젠테이션이었다. 카메라 한 대가 내 발표 전체를 찍었다. 나는 엄마, 아빠의 신혼부부 시절 사진을 열었다.

"사진 속 이 동작 보이시죠? 주먹 쥔 오른손을 왼쪽 턱에서 오른쪽 턱으로 턱을 따라 쭉 올리는 이 동작은 '맛있다'라는 뜻의 수어입니다. 저는 이렇게 말하고 사랑하고 슬퍼하는 둘 사이에서 태어났습니다. 이들로부터 수어를 배웠고 세상으로부터 음성언어를 배웠죠."

관객들이 눈을 동그랗게 뜨며 흥미를 보일 차례였는데 반응이 없었다. 아까와 같은 표정이었다. 이 지점에서 놀란 표정을 지어야 다음 문장을 의기양양하게 이어나갈 수 있는데, 당황스러웠다. 적어도 나는 관객들이 어떤 지점에서 놀라고 어떤 지점에서 감동받는지 잘 알고 있다고 생각했다. 그래서 나는 내가 이야기꾼이라고, 그 자질을 타고났다고 믿었다. 그런데 이게 웬걸, 하나도 통하지 않았다. 짐짓 태연한 표정으로 다음 문장을 이어나갔다. 그러나 반응을 예측할 수 없는 관객들 앞에서 내가 준비한 다음 문장을 이어가도 되는지 확신할 수 없었다. 왜 내 이야기에 놀라지 않는 걸까.

학기가 시작하기 전에 조교로부터 받은 동기들의 간략한 정보에는 이름과 국적, 간단한 이력이 적혀 있었다. 여섯 명이 네덜란드인이었고, 나머지 네 명이 스페인, 덴마크, 스위스, 한국인이었다. 생각보다 꽤 단조로운 구성이라고 생각했는데 그게 아니었다.

중동과 동유럽 사이 어딘가의 외모를 띤 스테판은 아주 오랜만에 네덜란드에 왔다고 했다. 이곳에서 태어났지만 열여덟 살 때 미국으로 가 10년 정도를 살았다고 했다. 국적이 어떻게 되냐고 묻자, 정말 이상한 질문이라며 두 손을 올리며 어깨를 으쓱했다.

“우리 할머니는 세르비아에 살아. 엄마와 아빠는 유고슬라비아 출신인데 어렸을 때 이곳으로 건너왔어. 동생은 지금 멕시코에 있어. 아빠는 하와이에, 엄마는 또다른 나라에 있는데 다시 여기로 올 거야. 나는 미국 영주권이 있고 네덜란드 여권을 갖고 있어. 그렇지만 내가 어디서 왔는지, 국적이 뭔지는 잘 모르겠어.”

그건 이스라엘에서 태어나 십대 후반에 네덜란드로 온 야핏도 마찬가지였다.

“나는 더치라기보다는 암스테르다머야. 네덜란드에 산다고 말하기보다는 암스테르담에 산다고 말해. 그도 사실인 게 나는 자유로운 암스테르담이 좋아서, 나고 자란 이스라엘에서 산 세월만큼 여기서 살았거든.”

러시아 출신으로 네덜란드인과 결혼하여 아이를 낳고 지금은 이곳 국적을 갖고 있는 리나 역시 마찬가지였다. 스위스인 어머니와 네덜란드인 아버지 사이에서 태어난 말라이나, 스위스 남부의 이탈리아 국경 지역에서 자라 국경 너머 이탈리아 학교를 다니며 배운 이탈리아어를 능숙하게 구사하는 조지아까지. '국적'으로는 정확하게 설명할 수 없는 정체성과 문화가 우리를 둘러싸고 있었다.

다음으로는 나의 십대 시절을 설명할 차례였다. 학교를 그만두고 여행을 간 이야기를 꺼냈다.

"저는 열여덟 살 때 다니던 학교를 그만두고 혼자 8개월간 여행을 했어요."

사람들의 표정은 그대로였다. 왜 아무도 놀라지 않는 거지? 뒤늦게 알버트가 바르셀로나의 영화학교를 다니다 학교의 보수적인 성향과 부딪쳐 중퇴하고 이곳으로 왔다는 걸 알게 되었다. 멘토 중 한 명인 샌더 역시 학교를 그만뒀다. 프랑스 파리를 기반으로 활동하는 영화감독이자 주요 강사진 중 한 명인 에이얄은 십대 시절 이스라엘의 학교를 그만두고 프랑스로 이주했다. 그러니 이곳에서는 '학교를 그만둔다'는 것이 생경하고 놀라운 것이 아니었다.

내가 해온 작업의 맥락들이 이곳에서는 그다지 놀랍고 특이하지 않았다. 그렇다면 나는 이제 어떤 것을 다루어야 하는 걸까. 무얼 가지고 작업해나갈 수 있을까. 관객의 성격이 백팔십도 달라졌다. 나를 둘러싼 환경과 맥락이 달라졌고 그에 따라 나의 작업 역시 달라져야만 했다.

보라는
보라의 속도대로

+

월요일부터 금요일, 아침 열시부터 저녁 여섯시까지 워크숍이 이어졌다. 쉴 틈이 하나도 없었다. 일정을 마치고 집에 돌아와 저녁을 해 먹으면 밤이 되었고, 아침 일찍 일어나 전날 밤 미처 끝내지 못한 발표 준비와 과제를 하면 학교 갈 시간이 되었다. 아직 익숙하지 않은 자전거를 타고 시내 한가운데를 지나 학교에 도착하면 쉬는 시간도 없이 워크숍이 이어졌다. 어깨와 목에 긴장이 끊이지 않았다. 뒷목이 당겨 마사지 봉을 들고 다녔고 잇몸도 부었다. 스트레스 탓이었다. 도대체 이 사람들은 어떻게 하루종일 의자에 앉아 워크숍을 하지. 나보다 한참 나이 많은 동기와 멘토, 교수진의 얼굴을 쳐다봤다. 장시간 의자에 앉아 토론하는 일이 어색하지 않은 듯 보였다.

누가 언제 나에게 말을 시킬지 몰라 잔뜩 긴장하고 있으니 표정을 읽었는지 미카가 나를 지목했다. 이곳에서 무엇을 기대하는지, 필요한 건 무엇인지, 이 그룹에게 자신의 어떤 부분을 나눌 수 있는지 서너 명씩 짝지어 이야기하던 중이었다. 한 동기는 다른 사람들의 이야기를 정말 잘 듣는다며 그 점이 자신이 줄 수 있는 것이라 했다. 피터는 자신이 해왔던 저널리즘 공부를 기반으로 한 지식과, 방송국에서 쌓은 제작 경험을 나눌 수 있다고 했다. 나는 이 그룹에서 유일하게 유럽 바깥, 아시아에서 온 학생으로서 다른 관점을 제시할 수 있을 거라고 했다. 장편영화를 만든 바 있으니 연출 경험 역시 나눌 수 있다고 덧붙였다. 아시아에서의 제작 환경이 이곳과는 어떻게 다른지에 대한 정보를 나누는 일 역시 내가 할 수 있는 몫이었다. 말을 마치고 나니 얼굴이 새빨개졌다. 장시간 영어를 듣는 데 익숙하지 않은데다가 영어로 사고하고 말하는 법을 익히던 때였다. 다들 잘하는 것만 같은데 나만 엄청 헤매고 있는 것 같아 조바심이 들었다.

다시 한번 눈앞이 새하얘진 것은 입학 파티에서였다. 학부 교수진을 비롯한 학내 구성원들과 함께 하는 가벼운 환영 파티였다. 나는 어디 구석진 곳에 처박혀 어서 이 파티가 끝나기를 빌고 또 빌려고 했으나 숨을 곳 하나 없었다. 모두가 술잔을 들고 가벼운 대화를 나누고 있었다. 앉을 데도 없는 스탠딩 파티였다. 얘네들은 왜 매일 서 있는 거야? 그나마 옆에는 말을 튼 알버트가 있었다. 더치 동기들은 자연스럽게 네덜란드어와 영어를 바꿔가며 대화를 나눴다. 미카가 옆으로 왔다. 내 긴장한 얼굴을 알아챈 눈치였다.

"입학 첫 주인데 어때요?"

솔직하게 말해야 하는지 괜찮다고 둘러대야 하는지 고민했다.

"사실 많이 걱정돼요. 멀리서 온데다가 다른 동기들에 비해 영어도 잘 못하고, 유럽식 영어 억양이 익숙하지 않아 어려워요. 2년 동안 잘해낼 수 있을지 모르겠어요."

"여기 영어 원어민은 아무도 없어요. 보니까 이번 그룹은 영어가 모국어가 아닌 이들로 구성되어 있더라고요. 다만 새로운 환경에 적응하는 데 시간이 걸릴 뿐이겠죠. 다른 사람들과 비교할 필요는 전혀 없어요. 보라는 보라의 속도대로 성장해나갈 거고, 중요한 건 보라가 자신의 연구를 해나가는 거예요. 제가 아는 보라는 빠르게 습득하는 사람이니까 여기서도 굉장히 많은 걸 저 나름의 속도로 배워나가겠지요. 저는 그걸 굳게 믿어요."

미카는 그 정신없는 파티 와중에 나를 울렸다. 이 세심한 말들은 어디서 오는 것일까. 나와 이야기를 하면서도 미카는 다른 입학생들과 파티 구성원을 살폈다. 그래, 여기 영어 원어민은 아무도 없지. 다 나처럼 처음이지. 남들과 절대 비교할 필요가 없지.

오리엔테이션 주간에는 멘토들과의 짧은 면담이 있었다. 이번 우리 학년을 담당하는 멘토는 다큐멘터리 감독이자 이론가인 에이얄, 시각예술 작업을 해왔던 비니카, 다큐멘터리 감독 샌더였다. 에이얄은 박식하고 다큐멘터리 제작 경험이 많았지만 쉽게 마음을 터놓고 대화하기는 어려웠다. 영화, 라디오, 설치미술 등의 다양한 작업을 해온 비니카는 사려 깊었지만 서로 관심사가 달랐다. 샌더는 굉장히 훌륭한 리스너였다. 다른 사람의 이야기를 깊이 집중하여 흥미롭게 들었다. 게다가 자신이 이 일을 하는 건 서로 다른 문화적 배경을 가지고 있는 이들에게서 많이 배울 수 있기 때문이라며 나의 문화적 정체성에 큰 관심을 보였다. 입학 면접 때 나를 많이 도와준 사람이었다. 그가 나의 멘토가 된다면 연구뿐 아니라 심적으로도 많은 도움을 받을 수 있을 터였다. 지금 필요한 건 친근감과 안정감을 주는 존재였다. 그렇게 샌더는 나의 멘토가 되었다.

내가 받은 도움을 돌려주는 것뿐이야

+

9월의 암스테르담 날씨는 예측 불허였다. 날씨 앱만 보고는 언제 비가 오는지 알 수 없었다. 비가 오지 않는다는 예보를 보고 준비 없이 나갔다 쫄딱 젖고, 비가 올 것 같아 단단히 채비하고 나가면 허탕 치고 돌아오는 일이 빈번했다. 이 나라 사람들은 여기서 어떻게 사는지 궁금해질 지경이었다. 나중에야 네덜란드인들이 사용하는 앱이 따로 있다는 걸 알게 되었다. 비가 오는 시간과 양을 제법 정확하게 예보했다. 그걸 보면 적당히 맞으며 자전거를 탈 수 있을 정도일지, 우비를 입어야 할 정도일지, 다리 밑에 들어가 잠깐 기다릴 정도의 소나기일지 판단할 수 있었다. 그러나 암스테르담에 입성한 지 막 3주가 되는 새내기가 그런 걸 알 리가 없었다.

집을 나설 때만 해도 분명 비는 오지 않았는데 갑자기 비가 쏟아졌다. 또 망했다. 곧 워크숍이 시작하는지라 비가 멈추기를 기다릴 수도 없었다. 첫날부터 지각하고 싶지 않았다. 바지와 신발이 축축이 젖었다. 우스꽝스러워 보였다. 내 모습이 타인에게 어떻게 보일지, 그게 나에 대한 인상과 이미지로 굳어지진 않을지 염려되었다. 누가 보고 웃을까 싶어 주위를 둘러보며 학교에 들어섰다. 화장실에 들러 옷매무새를 다듬었다. 머리카락이 젖었지만 그건 다들 그러려니 할 것 같았다. 문제는 데님 소재의 나팔바지였다. 축축하다 못해 무겁고 차가웠다. 누가 봐도 쫄딱 젖었다는 걸 눈치챌 정도였다.

"오늘 비 많이 오지?"

강의실에 들어서며 어색하게 웃었다. 비에 젖은 생쥐 꼴인 나를 보고 누군가 깔깔 웃을 것 같아 서둘러 화제를 돌렸다. 수업시간이 다 되어가는데도 교실은 한산했다. 다들 비가 와 조금씩 늦는다며 메시지를 보냈다. 말라이나가 도착했다.

"어떻게 다들 이런 날씨에 자전거를 타는 거야? 정말 대단해."

그는 홀딱 젖은 내 바지를 봤다. 깔깔 웃을 거라 생각했다.

"보라, 이제 네가 진정한 네덜란드 생활을 하는 거야. 이런 날에는 그냥 트램을 타. 옷이 다 젖기도 하고 이 날씨에 자전거를 타는 건 위험하기도 하거든."

말라이나의 말에 동기 몇이 고개를 끄덕였다. 아무도 웃지 않았다. 팬티까지 홀딱 젖은, 아직 이곳 생활에 익숙하지 않은 나를 아무도 비웃지 않았다. 그럴 때는 어떻게 하면 되는지 일러주었다. 빅토린은 자기 바지도 다 젖었다며 웃옷을 걷어올렸다. 지켜보던 야핏이 입을 열었다.

"우리집 여기서 걸어서 5분 거리인데 자전거 타면 엄청 금방 가. 꽤 많이 젖어서 추울 것 같은데 괜찮다면 갈아입을 옷 좀 가져다줄게. 괜찮아. 금방 다녀오거든."

워크숍이 곧 시작될 예정이었다. 피해를 주고 싶지는 않았다. 손을 내저으며 괜찮다고 하자 야핏은 정말 괜찮다며 금방 다녀온다고 했다. 사실 한기가 올라왔다. 몸살에 걸릴 것 같아 고민하다 고개를 끄덕였다. 얼마 후 야핏이 두 벌의 바지와 여러 개의 두툼한 양말을 가지고 왔다. 어떤 스타일의 바지를 선호하는지 몰라 여러 개를 들고 왔다고. 빅토린이 자기도 갈아입어도 되느냐며 신나 했다. 쉬는 시간에 입겠다고 고맙다고 인사했다. 그런데 수업이 계속 이어졌다. 한기가 올라왔다. 늘 주위를 둘러보며 다른 사람들을 먼저 챙기는 야핏이 지금 입어도 괜찮다며 눈짓으로 신호를 보냈다. 강의실 구석에 파티션이 하나 있었다. 강의 중간에 나갈 용기가 없어 파티션 뒤로 가 바지를 갈아입었다. 야핏이 가져다준 양말도 두 개나 겹쳐 신었다. 따뜻했다.

워크숍을 마치고 집으로 가는 길에는 비가 내리지 않았다. 모든 것이 예상과는 다르게 돌아갔다. 날씨는 예측할 수 없었고, 젖은 옷은 생각처럼 일찍 마르지 않았으며, 모두들 나를 비웃을 거라 생각했는데 그런 일은 없었다. 집으로 돌아와 애인에게 전화를 걸었다.

“야핏에게 큰 도움을 받았어. 신경쓰게 하고 싶지 않았는데 이곳 생활에는 아직 익숙하지 않아서 자꾸만 통제할 수 없는 일이 생겨.”

모든 일을 스스로 감당할 수 없어 속상했다. 그가 말했다.

“보라, 너는 항상 모든 걸 알아서 해결하려고 하지. 그런 모습이 다른 사람들로 하여금 돕고 싶다는 마음이 들게 해. 그게 너의 장점이야. 그러니까 도움이 필요하면 받아. 너 혼자 모든 걸 다 해낼 수 없어.”

눈물이 쏟아졌다. 이유는 알 수 없었다. 애써 붙잡고 있던 무언가가 탁 풀리는 기분이었다. 익숙하지 않은 타국 생활이지만 이를 악물며 괜찮아 보이려고 애썼다. 웃음거리가 되고 싶지 않아 하루종일 몸을 잔뜩 긴장하고 있었던 것이다.

“기쁜 마음으로 돕고 싶어서 그러는 거지 네가 폐를 끼치는 건 아니야.”

세탁한 옷을 돌려주며 어떤 선물을 할까 고민하다 오차즈케를 선물했다. 밥에 녹차를 넣어 말아 먹는 것이라는 설명을 덧붙였다. 학교 앞에서 화분도 하나 샀다. 클럽에서 비주얼 자키 일을 오랫동안 해왔던 야핏은 석사과정을 시작하며 새사람이 되기로 결심한 게 있는데 바로 술을 끊고 채식을 하는 거였다. 늘 수업에 늦는 나쁜 버릇도 고치고 30분 일찍 도착해 다른 사람을 위한 시간으로 삼는 것도 그 일환이었다. 야핏은 그 모든 것을 지켰다. 다른 동기들이 날씨 때문에 늦고 늦잠을 자서 늦고, 몸이 아파서 늦어도 야핏만은 일찍 도착해 모두가 마실 따뜻한 차를 준비했다.

그에게 왜 네덜란드로 왔는지 물었다.

"열여덟 살에 이스라엘을 떠났어. 군대에 가고 싶지 않았거든. 이스라엘은 만 열일곱 살이 되면 남녀 모두 징병검사를 받고 남성은 3년, 여성은 2년 현역 복무를 해야 해. 그렇게 살고 싶지 않았어."

이스라엘로 돌아갈 생각은 없냐고 물었다. 야핏은 고개를 저었다. "나는 여전히 이스라엘어로 된 책을 읽는 것이 편하지만, 나는 여기 사람이야." 그는 이곳에서 새 정체성을 가지고 그만의 삶을 일궈나가고 있었다. 매번 도와주어 고맙다고 하자 별것 아니라며 손을 내저었다.

"내가 암스테르담에 처음 왔을 때 정말 많은 사람들이 나를 도와줬어. 그래서 정착할 수 있었던 거야. 비자 신청 시기를 놓쳐서

불법으로 체류했던 적도 있어. 언젠가는 식당에서 일을 했는데 월급을 못 받았어. 울면서 길을 걷는데 어떤 여성이 왜 우느냐며 무슨 일이냐고 묻고는 그 돈을 받을 수 있게 도와줬어. 그렇게 여기까지 온 거야. 그때 내가 받았던 도움을 보라 너에게 돌려주는 거야. 그러니 너무 미안해하지 않아도 돼."

보트 트립을 떠나다

+

입학 3주차에는 아주 특별한 시간이 우리를 기다리고 있었다. 보트 트립Boat Trip이었다. 미카는 석사과정만의 특별한 프로그램이라며 네덜란드에 왔으니 배를 타야 한다고 했다. 암스테르담 근교에서 배를 타고 그 안에서 먹고 자며 나흘을 보내는 프로그램이었다. 상세 일정은 특별히 정해진 것이 없었다. 그룹 구성원들끼리 상의하여 결정하면 된다고 했다. 배는 열 명이 지낼 수 있는 작고 아늑한 크기라고 했다. 낯선 동기들과 나흘 동안 밥을 먹고 함께 자야 한다니. 학부 때부터 MT란 MT는 가고 싶지 않아 애를 써왔던 나였다. 이 낯선 서양인들과 세 밤이나 보내야 한다니! 날이 좋으면 배를 타고 암스테르담 근처를 둘러볼 예정이라고 했지만 나머지는 정박한 배에서 시간을 보내야 했다. 육지 한가운데서 태어난 나로서는 왜 좁은 배 안에서 나흘을 지내야 하는지 이해할 수 없었다.

네덜란드, 특히 암스테르담 곳곳에서는 배를 개조하여 주거용으로 사용하는 하우스 보트가 많다. 제2차세계대전 이후 인구가 급격히 늘어난 데 비해 거주할 수 있는 집의 수는 한정되어 있었다. 집을 마련할 경제적 능력이 되지 않는 노동자들이 암스테르담 운하에 정박된 운송용 보트를 구매하여 주거용으로 개조해 살기 시작했고 그것이 하우스 보트의 시작이다. 현재는 암스테르담의 2400여 가구가 하우스 보트에서 살아가고 있다. 겉보기에는 투박해 보여도 배 안으로 들어서면 깔끔한 실내 디자인에서부터 고급스럽고 휘황찬란한 디자인까지 각양각색의 집들을 만날 수 있다. 번듯하게 육지에 지어진 집이 아닌 물 위에 뜬 보트라 저렴할 것도 같았지만 집보다 훨씬 비싼 경우도 많았다. 육지에서 복작복작하게 붙어 사는 것보다 창문 너머로 운치 있는 운하를 바라보며 언제든 물속으로 풍덩 뛰어들 수 있는 배에서 사는 것이 나을 수도 있겠다는 생각이 들었다.

보트 트립 첫날의 일정은 암스테르담 근교 도시 암스텔베인 Amstelveen에 있는 한인 마트에서 시작했다. 배에서는 각자 알아서 끼니를 해결해야 했는데 첫날 저녁은 나와 야핏, 말라이나가 한 조가 되어 '아시아 음식 특별전'을 열기로 했다. 살짝 부담스러웠다.

첫날 저녁에는 동기들뿐 아니라 조교, 멘토와 교수들, 학장이 방문하여 함께 저녁식사를 할 예정이기 때문이었다. 무엇을 대접할까 고민하다 베트남식 월남쌈, 태국식 그린 커리, 떡볶이를 하기로 했다. 반찬으로는 김치를 곁들이면 좋을 것 같았다. 양손 가득 장을 봤다.

보트에 도착하니 멘토가 뭘 이렇게 많이 샀느냐며 장바구니를 보고 웃었다. 배의 구조는 상상 이상이었다. 크지는 않았지만 오븐과 식기세척기가 있는 주방, 화장실, 샤워실, 세 개의 침실, 대부분의 시간을 보내게 될 거실이 있었다. 목조를 이용한 전통 방식의 내부 구조였다. 주거용 배는 이렇게 생겼구나 하고 구경하는데 바람에 배가 흔들렸다. 멀미가 났다. 다른 동기들은 익숙해 보였다. 빅토린은 친척들 중 배를 가지고 있는 이들이 많아 어렸을 때부터 배에서 시간을 보냈다고 했고, 리나는 배에서 생활하는 게 꽤 괜찮은 것 같다며 배를 빌리거나 사볼까 싶다고 했다. 실제로 리나는 보트 트립 이후 배를 샀다.

배에서의 날들은 고민만 하다 지나고 말았다. 다른 사람들과 함께하는 이 시간을 어떻게 보내야 하지, 집에 가고 싶다, 그런데 이제 뭘 해야 하지? 같은 고민들이었다. 자기만의 공간이 정말 중요한 사람인 내가 나만의 공간과 시간 없이 낯선 이들과 지내야 하는 건 그렇게 쉬운 일이 아니었다. 배에 도착한 첫날은 날씨가 좋아 배를 타고 암스테르담 근교를 둘러볼 수 있었다. 선장은 일기예보를 확인했는데 머무는 내내 날씨가 그리 좋을 것 같지 않다고, 오늘이 아마 마지막 항해가 될 것이라 했다. 그 말은 배 내부에 계속 있어야 하고 볕이 좋아 물로 풍덩 뛰어드는 일도 없을 거라는 뜻이었다. 아쉬웠다. 탄탄한 근육을 가지고 있는 빅토린은 그래도 자신은 수영할 수 있다며 여유만만한 표정을 지었지만 차가운 북해의 바람에 재킷을 여미고 머플러를 두른 나는 두툼한 옷을 더 가져오지 않은 것을 후회했다.

배를 타고 암스테르담을 둘러보는 것은 자전거를 타고 돌아보는 것과 꽤 달랐다. 샌더는 암스테르담이 어떻게 만들어졌는지 그 기원을 들려주었다.

"네덜란드는 유럽 북해 연안의 낮은 지대인데 지금의 네덜란드, 벨기에, 룩셈부르크 지역을 낮은 땅, 그러니까 저지대라고 불러요. 여기는 유럽 북부를 흐르는 라인강, 뫼즈강, 스헬더강이 바다와 만나는 배수구예요. 기원후 1000년경부터 홀란드주 거주민들이 토탄질의 땅이 농사짓기 적합하다는 걸 알고 이곳을 개척했죠. 제방을 쌓고 습지에 수로를 파면 물이 강으로 자연스럽게 빠졌는데, 문제는 토탄이 건조해지면 주저앉는다는 거였어요. 그럼 자연스럽게 물보다 지대 높이가 낮아지게 되고, 물에 다시 잠길 위험이 생기죠. 그래서 사람들이 함께 제방을 높게 쌓아올리고 물을 퍼내면서 이 도시를 손으로 만들어냈어요. 이곳의 운하 역시 모두 다 계획되어 건설된 것이고요."

도시의 역사에 대한 샌더의 설명은 흥미로웠지만 얼굴을 강타하는 북해 바람에 정신이 하나도 없었다. 암스테르담의 첫 가을과 겨울은 유독 추웠는데 아무래도 온돌방이 없어서 그런 듯했다. 한국에서는 종일 추운 날씨에 고생해도 따뜻한 온돌방에 등 지지고 누워 있으면 나아졌는데 여기는 히터뿐이었다. 따뜻한 방바닥이 그리웠다. 도대체 온돌도 없이 어떻게 물과의 사투를 벌인 걸까.

+ 선상에서 열린 아시안 요리 특별전

야핏과 말라이나는 둘 다 아시아에 가본 적이 있었다. 야핏은 한국과 일본 여행을 한 적이 있고, 말라이나는 미얀마에 있는 NGO에서 1년 넘게 활동했지만 아시아 요리는 잘 모르는 듯했다. 베트남 월남쌈이라 했더니 내게 어떻게 하면 되냐고 물었다. 그냥 썰면 되는데. 사진을 보여줬는데도 감을 잘 못 잡았다. 네 개의 화구에 모두 불을 붙여 그린 코코넛 커리를 준비했다. 채식주의자가 있어 비건용 커리도 만들어야 했다.

정신이 하나도 없었다. 많은 양의 음식을 만드는 것도 오랜만이었지만 실패하면 안 된다는 중압감이 컸다. 저녁식사의 성패가 곧 나의 첫인상이 될 것 같았다. 그룹의 유일한 아시아인으로서의 자존심 역시 지켜야만 했다. 부산한 나와 달리 말라이나와 야핏은 여유롭게 이야기를 주고받으며 야채를 썰었다. 나도 와인 한잔 따라 마시고 사빈이 구워 온 초콜릿 케이크도 한 조각 먹으며 우아하게 요리하고 싶은데 현실은 그렇지 않았다. 커리 두 종류와 떡볶이를 동시에 하는 것은 생각보다 복잡했다. 볶고 데쳐야 하는 월남쌈 재료도 있었다. 식사시간이 다가왔다.

학장을 비롯해 멘토들이 하나둘씩 도착했다. '페미니스트 언니'인 조교 크리스도 오는지 궁금했다. "크리스는 학교 밖에서 만나는 자리를 편하게 생각하지 않아서 이런 자리에는 잘 오지 않지만 오늘은 올 수도 있다"고 미카가 말했다. 놀라웠다. 학교 직원이기 때문에 이런 자리에 꼭 참석해야 하는 것이 아니라 자율에 맡긴다는 게. 파티나 뒤풀이 참석 여부를 자기 취향과 성격에 따라 자유롭게 선택할 수 있다는 말이었다. 다양성을 존중하는 학과다웠다.

식사 인원은 총 열일곱 명이었다. 조리법은 쉬운데 익숙하지 않은 메뉴들이라 여러 번 레시피를 확인했다. 식사시간이 되자 야핏이 와인잔을 포크로 치면서 딩딩딩 소리를 냈고 와인과 맥주를 들고 있던 사람은 테이블로 하나둘씩 모였다. 음식에 대한 소개는 내 몫이었다.

"오늘 저녁식사는 아시안 요리 특별전인데요. 말라이나, 야핏, 제가 준비했습니다. 태국식 그린 코코넛 커리는 한 번쯤 드셔봤을 텐데요, 코코넛 밀크를 넣었습니다. 조금 매콤할 수도 있어요. 치킨이 들어간 것과 채식주의자용 두 종류가 있고요. 메인 요리는 테이블에 놓인 월남쌈입니다. 쌈을 싸서 소스에 찍어 먹으면 돼요. 그리고 이건 한국인들의 소울푸드, 떡볶이인데요. 매운 음식 잘 못 먹는 분들은 조심히 드세요. 반찬으로는 한국의 김치가 준비되어 있습니다."

말이 끝나자마자 월남쌈을 어떻게 싸 먹어야 하는지 모르겠다며 보여달라는 요청이 들어왔다. 월남쌈 페이퍼를 따뜻한 물에 넣었다가 펼쳐 속재료를 넣고 둘둘 말았다. 옆에 있던 사빈에게 건네자, 사빈이 엄지를 척 들었다.

미카가 건배를 제안했고 모두 잔을 부딪쳤다. 다들 한 줄로 서 떡볶이와 그린 커리, 김치를 그릇에 담았다. 재미있는 모습이었다. 교수 에이얄은 어떻게 라이스페이퍼를 말아야 하는지 몰라 헤맸다. 아네타는 엄청 맛있다며 옆에 있던 샌더에게 말했다.

"너 아직 미혼이니까 보라랑 잘해봐!"

미혼 여성인 나를 두고 하는 말이었기에 평소라면 정색했겠지만 아네타는 레즈비언이었고 샌더는 오래된 여성 파트너가 있었다. 각자의 성 정체성을 긍정하기 때문에 할 수 있는 농담이었다. 어쨌거나 모든 사람들이 아시안 요리 특별전을 즐기며 새 학기를 축하했다.

수어만이 표현할 수 있는 것

+

SNS 타임라인에 수어 영상이 올라오는 빈도가 늘었다. 청인은 사진이나 글을 통해 페이스북, 인스타그램, 트위터 등에서 자신의 생각과 의견을 표현한다. 수어를 사용하는 농인은 어떨까? 당연히 그들의 언어인 수어 영상을 올린다. 내 SNS 타임라인은 농사회와 청사회의 접점에 있었다.

나는 음성언어와 수화언어의 세계를 오가며 자랐다. 그러나 집을 벗어나면 수어를 쓸 일이 거의 없었다. 부모님과 외출할 때가 아니면 집밖에서는 입말만 사용했다. 농인 친구도 없었을뿐더러 청사회에서는 수어를 쓸 필요가 없었다. 그래서 나의 수어 어휘는 꽤 빈약했다. '부모가 농인인데 너는 왜 농인처럼 수어를 잘하지 못하냐'라는 말을 종종 들었고 부끄러웠다. 그러나 부모님과 소통하는 데는 불편함이 없었기 때문에 수어를 따로 배우지는 않았다. 사람들의 비판은 나를 움츠러들게 했다. 내가 부족해서, 부모님을 덜 사랑해서, 부모의 농정체성을 자랑스러워하지 않아서 수어를 못한다고 비난하는 것 같았다. 다른 코다들도 그런 말을 들으며 자랐다는 걸 나중에 알게 되었다. 우리나라뿐 아니라 전 세계의 코다들 역시 마찬가지였다.

나는 대체로 부모로부터 배운 수어 단어들을 조합해 사용했다. 표준 한국 수어, 부모가 나를 위해 만들었던 베이비 사인(Baby Sign, 표준 수어가 아닌, 아이들이 이해하기 쉬운 간단한 수어), 우리 집에서만 사용하는 홈 사인Home Sign, 충청도가 고향인 부모가 사용하는 수어 사투리까지. 내 수어를 엄마는 그 누구보다 정확하게 알아들었다. 그럼에도 엄마 역시 이렇게 말했다.

"오늘 동창을 만났는데 보라 네 수어가 좀 알아보기 어렵다고 하더라. 저기 교회 목사 딸 알지? 걔는 수어 잘하는데 너는 왜 그렇게 하지 못하냐고 하던데. 뭐, 나는 네가 뭐라고 하는지 다 알아들으니까 문제없긴 한데."

어렸을 때부터 들어온 말들. 지긋지긋했다. 엄마 역시 은연중에 내가 수어를 더 잘하면 좋겠다고 했다. 농인들은 보라는 코다인데 왜 수어를 잘하지 못하냐고 물었다. 공식적인 자리에서는 수어를 되도록 안 쓰려고 했다. 전문 통역은 내 일이 아니라고 여겼다. 청인들 역시 마찬가지였다. '부모가 농인인데 당연히 수어 잘하는 거 아냐?' 수어라는 언어를 구사하는 것과 통역을 하는 건 전혀 다른 문제다. 부모가 미국인이라고 모든 자녀가 전문적인 영어통역사가 되는 게 아니듯 말이다.

재작년 여름, 코다 코리아와 함께 영국의 청소년 코다 여름캠프에 방문했을 때였다. 코다에 대한 선입견과 편견에 대해 이야기하던 중이었다.

"코다가 수어를 전문적으로 하지 못하는 건 너무 당연한 일이야. 우리는 어렸을 때부터 부모에게 수어를 배웠지, 전문 통역 교육을 받은 건 아니잖아. 그런 코다들에게 완벽한 수어 실력을 기대한다는 건 이상해. 중국인 부모에게서 태어난 아이가 영국에서 자라 학교를 다닌다고 바로 중국어-영어 전문 통역사가 되는 건 아니잖아?"

무릎을 탁 치게 하는 비유였다. 수어통역사로 일하거나 농사회에서 일하지 않는 사람이 수어에 능숙하지 않은 건 자연스러운 거라며 그런 말에 기죽지 말라고 했다.

낯선 곳에 와 다른 이들의 시선으로부터 자유로워졌기 때문일까. 몸의 긴장이 풀어졌다. 맨 처음 유럽 여행을 왔을 때 아무도 나를 쳐다보지 않는다는 게 신기했다. 무엇을 입어도 어떻게 다녀도 신경쓰지 않았다. 암스테르담은 그중에서도 가장 독보적인 도시였다. 남들과 비교하기보다는 각자의 삶에서 소중한 것을 찾았다.

스트레스를 받아 얼굴에 트러블이 생겨도 "요새 힘든가봐. 얼굴이 많이 안 좋네"라는 말을 안부 인사로 하지 않았다. 머리가 짧아도 머리가 왜 그렇게 짧은지 묻지 않았고 치마를 입지 않아도 "왜 여성스럽게 하고 다니지 않느냐"라는 말을 건네지 않았다. "머리는 왜 밀었냐, 실연당했냐, 사회에 반항하냐" "남우세스럽게 브래지어는 왜 안 하냐" "취직은?" "결혼은 언제 하냐" "영화감독은 돈 얼마 버냐" 등 한국에서 매일같이 안부처럼 들었던 말을 여기서는 듣지 않았다. 그렇게 하루하루를 지내니 몸에 켜켜이 쌓여 있던 억압의 겹들이 보였다. 하나둘씩 그 긴장을 걷어내는 연습을 했다. 숨을 크게 내쉬고 공원에 누워 하늘을 보면 이렇게 살아도 정말 괜찮구나, 이렇게 살 수도 있구나, 하는 생각이 들었다. 이 감정과 느낌을 수어라는 언어로 표현하고 싶었다.

일단 영상을 찍어보기로 했다. 제목은 '네덜란드에서 수어로 전하는 인사'. 처음부터 끝까지 수어를 사용하여 어떻게 여기서 공부하게 되었고, 전공은 무엇이고, 무엇을 배우고 있는지에 대해 이야기해보기로 했다. 녹화 버튼을 누르자 얼굴이 화면에 가득찼다. 모니터를 보고 수어를 하려니 민망했지만 목소리를 녹음하는 것과는 또다른 기분이라 흥미로웠다. 내레이션 녹음을 할 때는 목소리의 톤이나 크기, 길이를 조절하며 의미를 풍성하고 효과적으로 전달하는 데 집중했다면 수어를 할 때는 수어의 표현 방식이나 크기, 방향과 빠르기를 조정해야 했다. 전달력을 높이려면 얼굴 표정을 풍부하게 사용해야 했지만 오랫동안 쓰지 않았던 근육이 쉽게 움직일 리 없었다. 여러 번의 연습과 녹화 끝에 영상 하나를 건질 수 있었다.

페이스북에 올린 수어 영상의 반응은 뜨거웠다. 많은 사람들이 "보라의 글이 아니라 수어를 보니 색다르다" "더 잘 와닿는다" "표정에서 많은 걸 알 수 있다" "나도 수어를 배우고 싶다"라고 댓글을 달았다. 최고의 구독자는 엄마, 아빠였다. 아빠는 "최고"라고 메시지를 보냈고, 엄마는 내가 수어를 너무 잘한다며 신기해서 여덟 번이나 돌려 봤다고 했다. 확실하지는 않지만 부모님의 친구들로 추정되는 농인들은 "보라가 어디서 공부하고 있는지 궁금했는데 여기서 이렇게 지내고 있구나" 하고 댓글을 달았다. 한국의 많은 농인들은 문자언어 사용에 어려움을 겪는다. 농인들의 언어인 수어로 문자언어를 습득할 수 있도록 교육이 뒷받침되어야 하는데, 농·특수교육 현장에서는 수어를 잘 구사하지 못하는 특수교사가 농인들을 가르치는 등 제대로 된 학습체계가 없다. 그래서 농인들은 한글을 읽고 쓰는 데 어려움을 겪는다. 내가 네덜란드에 왜

왔고, 이곳이 어떤 나라인지 글을 올려도 문자언어에 서툰 농인들은 그걸 완전히 이해하기 어려워했다.

반응도 반응이지만 무엇보다 좋았던 건 사진과 글이 아닌 수어라는 수단으로 생각과 느낌을 표현할 수 있었다는 것이다. 사진과 글로는 담을 수 없는 미세한 얼굴 표정과 주름, 어딘가 편안해 보이는 얼굴, 버벅대는 손가락 같은 것. 이곳에서 보고 겪는 일을 수어로 설명하다보니 그것이 만들어내는 또다른 언어의 가능성과 표현의 깊이를 발견할 수 있었다. 또 내가 가진 의사소통 수단들 사이에서 나만이 지닌 언어의 집을 발견할 수 있었다. 그 집이 어떻게 생겼는지, 어디에 있는지, 얼마만큼 크고 넓은지는 천천히 둘러봐야 하겠지만 말이다. 네덜란드에서 한국 수어를 쓸 기회는 부모님과 영상통화를 할 때 말고는 없겠지만 조금씩 그 세계를 탐구해보고 싶다는 생각이 들었다. 잘하느냐 못하느냐를 떠나 수어의 세상에는 그 언어로만 표현할 수 있는 생각과 감정이 있다. 한국 음성언어와 한국 수어, 두 언어는 한국 사회를 기반으로 형성되고 만들어진 언어지만 완전히 다른 모양새를 지닌다. 음성언어와 수화언어, 청문화와 농문화. 이 경계를 자유롭게 넘나드는 사람으로서 두 언어와 두 문화가 가진 가능성을 찾아내고 비교하고 탐구해보는 일을 하고 싶다. 그 길을 함께 걷는 이들이 많아진다면 더 흥미로운 여정이 될 것이다.

내가 입고 싶은 대로,
내가 먹고 싶은 대로

+

'끼니'는 내 최대 관심사이자 걱정거리였다. 학교 사람들은 으슬으슬한 날씨에도 차가운 샌드위치나 샐러드를 먹었다. 비가 오는 축축한 날에도 그랬다. 따뜻한 것이라곤 학교 카페에서 파는 토마토 수프나 학교 앞 수프 전문 가게의 걸쭉한 수프뿐이었다. 이런 날에는 김치찌개나 고춧가루 팍팍 친 콩나물국 같은 걸 먹어야 하는데. 하루종일 영어로 진행되는 수업에 모든 힘과 에너지를 쏟고 나면 따뜻하고 맵고 맛있는 걸 먹고 싶었다. 낯선 것들에 지친 몸과 마음을 익숙한 것으로 달래야 했다. 살아남기 위해 요리에 몰두했다. 과제보다는 장을 보고 요리하는 것이 방과 후 우선순위가 되었다. 레시피를 확인하고, 장을 보고, 요리를 하고, 깨끗하게 정리하고 나면 배는 땅땅 불렀지만 아무것도 할 힘이 없었다. 먹는 시간을 줄이고 학업에 집중해야 하는 건 아닌가 싶었지만 나름의 핑계와 근거가 있었다. 항상성 유지. 낯선 것들로 가득한 타지에서 먹는 것이라도 익숙한 걸 먹어야 견딜 수 있다는 나만의 이론이었다. 실제로 일주일 내내 몰아쳤던 워크숍 일정에 지쳐 입안에 염증이 생기고 잇몸이 부었는데 고춧가루를 친 부추겉절이를 해 먹었더니 거짓말처럼 나았다. 살짝 돌았던 몸살 기운도 귀신같이 사라졌다. '이래서 먹는 게 제일 중요하지' 이론을 재확립했다.

그러나 동기들을 비롯해 학교에서 만나는 이들은 그렇지 않았다. 대부분 점심은 학교 카페에서 샌드위치로 간단히 해결했다. 네덜란드인답게 장대 같은 큰 키를 자랑하는 샌더는 샌드위치와 수프로 점심을 해결했는데 과연 저것만 먹고 저 덩치를 감당할 수 있을까 의문이 들었다. 조교뿐만 아니라 학장 역시 빵과 치즈, 샐러드 등으로 식사를 해결했다. 학기 초반이니 다 같이 뒤풀이를 하거나 외식하러 가는 날도 있겠거니 싶었지만 그런 일은 일어나지 않았다. 개인주의의 나라답게 퇴근 후에는 각자의 시간을 보냈다. 회식 문화는 없었다.

어느 날 동기 한 명이 학교 카페테리아는 좀 지루하니 밖에 나가서 점심을 먹자고 제안했다. 그거 좋지! 외투를 챙겨 나섰다. 알버트는 생활비를 아껴야 해서 따로 음식을 주문하지 않고 싸온 도시락을 먹겠다고 했다. 설레는 마음으로 동기들을 따라갔다. 익숙한 방향이었다. 걸음이 멈춘 곳은 알버트 하인, 네덜란드의 대형 슈퍼마켓 유통 체인점이었다. 조지아는 아보카도와 샐러드용 야채를 샀고, 스테판은 빵과 치즈를 골랐다. 사과 하나, 바나나 몇 개도 함께였다. 말라이나와 야핏은 갓 만든 스시를 샀다. 나는 왜 슈퍼마켓에 온 건지 영문을 몰라 동기들을 한참 쳐다보다 뭔가 골라야 할 것 같아 스시를 집었다. 카페테리아가 지겨워 향한 곳이 슈퍼마켓이라니. 계산하고 나오는 길에 왜 음식점에 가지 않느냐고 물었다. "다들 뭘 먹을지도 모르고 가격 대비 슈퍼마켓이 가장 합리적인 선택"이라고 스테판이 말했다.

재는 매일 슈퍼마켓에서 산 음식을 먹어, 매일 도시락을 싸서 다녀, 하며 이상하게 쳐다보지 않는다는 게 흥미로웠다. 과시하는 문화도 없었다. 무엇을 먹느냐에 따라 초라해지는 일은 벌어지지 않았다.

그건 다른 부분에서도 마찬가지였다. 흐린 날이 계속되어 다들 방수가 되는 옷을 입거나 우비를 입었다. 그러다보니 매일같이 비슷한 옷차림이었다. 전날 입었던 옷을 또 입는 경우도 부지기수였다. 한국에서 가져온 옷이 많지 않아 비슷한 패턴의 옷을 입는 것이 걱정되던 터였다. 그러나 동기들과 비교하면 나는 옷이 많은 축에 속했다. "한국에서 온 보라는 패셔니스타"라며 조지아는 내

차림새를 칭찬했다. 브랜드를 신경쓰는 사람은 없었다. 중요한 건 상표가 아니라 실용이었다. 시시때때로 비가 쏟아지는 이곳에서는 최대한 덜 젖는 것이 중요했다. 자전거를 탈 때마다 바지가 젖는 통에 방수가 되는 우의와 바지가 필요했다. 시중에서 파는 건 투박하고 저렴해 보였다. 디자인이 별로라 방수 바지를 아직 사지 못했다는 말에 멘토는 이렇게 말했다.

"어차피 우비 입고 자전거 타면 아무도 보라인 줄 모를걸요. 아무도 신경 안 써요."

내가 어떻게 입건, 화장을 하건 하지 않건 그 누구도 신경쓰지 않는다는 걸 깨닫자 삶이 단순해졌다. 원래도 메이크업을 하지 않았지만 최소한으로 바르던 선크림과 비비크림도 사용하지 않게 되었다. 매일같이 말썽이던 피부도 진정되었고 트러블도 덜 났다. '노브라'로 다녀도 아무도 개의치 않았다. 그래도 조금 신경이 쓰이긴 했는데 주위를 둘러보면 의식하는 건 오로지 나뿐이었다. 노브라에 노메이크업으로 어제 입었던 옷을 또 입고 학교에 가도 아무도 외양을 지적하지 않았다. 오늘 스타일이 별로다, 머리 모양을 바꿨니, 화장이 멋지네, 피부가 왜 그렇게 뒤집어졌니, 하고 인사말을 건네는 이는 나뿐이었다. 신기할 정도로 외모, 몸매 품평을 하지 않았다. 그러다보니 필요한 곳에 시간과 마음을 쓸 수 있게 되었다. 더 많은 옷을 갖기 위해 쇼핑을 하지 않아도 되었고 요새 화장품은 뭐가 좋은지 비교해보고 어디서 저렴하게 살 수 있는지 시간과 발품을 들이지 않아도 되었다. 온라인 쇼핑의 빈도 역시 줄었고 정말로 필요한 물건이라고 생각되면 집 근처에서 간단하게 구매했다. 요새 유행하는 거라서, 다른 사람들 다 갖고 있으니까 등의 이유로 사는 일은 사라졌다. 타인의 가치판단보다 나의 가치판단이 우선이 되었다.

그러자 그 모든 시간들이 나를 위한 시간이 되었다. 내가 입고 싶은 대로 입고 하고 싶은 대로 해도 나는 '나'일 수 있었다. 내 옆을 스쳐 지나가는 타인 역시 자신만의 색깔을 지닌 '그 사람'이 되었다. 삶이 조금 더 가벼워졌다.

+ 편리함을 포기한 뒤 얻은 것들

일주일이면 배송된다던 EMS는 2주가 걸려도 도착할 생각을 하지 않았다. 한국에서 부친 영상 편집용 아이맥 컴퓨터였다. 매일 아침마다 우체국 홈페이지에 접속해 배송 조회를 했다. 유럽 외의 국가에서 세금을 지불하고 구매하여 사용하던 것이라도 유럽 내로 가지고 오게 되면 관세를 지불해야 한다고 했다. 택배 받는 법도 한국과 달랐다. 본인이 직접 수령하는 것이 원칙이며 부재중일 경우 한두 차례 재배송하고, 그때도 부재중이면 옆집 혹은 이웃집에 맡기거나 근처 우편물을 찾을 수 있는 곳에 보관한 후 보관 알림증을 넣어둔다고 했다. 집 앞에 택배를 두고 가지 않는다고 했다. 불편했다. 게다가 네덜란드 집주인 중에는 세입자가 택배를 시키는 걸 별로 좋아하지 않는 경우도 있었는데, 수령을 위해 집에 누군가가 있어야 할뿐더러 택배가 자주 오면 이웃에게 불편을 끼친다는 이유에서였다. 아니, 그럼 택배를 문 앞에 놓고 가면 되지. 한국식 마인드로는 이해할 수 없었다.

한국에서는 당연히 온라인 쇼핑을 했다. 필요한 물건을 그날 그날 주문해 택배로 배송받았고, 밤늦게 집에 도착하면 엄청난 양의 택배들이 쌓여 있었다. 무엇 하나 살 시간도 없을뿐더러 생활 반경 안에 마땅한 상점 및 슈퍼마켓이 없었다. 대형 마트에서 장 한번 보려면 자가용이 필요했지만 나는 운전면허도 없었다. 언론에서는 택배 기사들의 열악한 노동환경을 연신 보도했지만 모두가 생수를 비롯한 온갖 생필품을 택배로, 당일·새벽 배송으로 주문했다. 어쩔 수 없었다. 바쁘게 돌아가는 일상에서 직접 장을 보기는 어려웠다.

네덜란드에서는 온라인 쇼핑과 택배 배송이 주는 삶의 편리함을 포기해야 했다. 한국과는 달리 무료 배송 옵션이 없거나 여러 조건이 요구되었다. 택배 받는 절차도 복잡하다보니 가급적 생활 반경에서 찾거나 꼭 필요한 물건인지 한번 더 고민하게 됐다. 동네 문구점에 가고 집 앞 슈퍼마켓에서 장을 봤다. 들고 가거나 자전거로 실어갈 수 있을 만큼만 구매했다. 일주일에 한 번, 한 달에 한 번

장을 보는 것이 아니라 조금씩 자주 봤다. 정착 초반에는 한국에서 장을 보던 것처럼 2주는 거뜬하게 먹을 양의 식재료들을 샀지만 냉장고가 한국처럼 크지 않아 그 모든 것을 다 넣을 수 없다는 사실을 깨닫고는 하루하루 먹을 식재료만 샀다. 매일같이 장을 보는 것이 불편하긴 했지만 그것이 전기세를 아끼고 싱싱한 과일과 채소를 먹을 수 있는 길이기도 했다. 스트레스 해소용으로 쓰던 '시발 비용' 역시 줄었다. 이미지만 보고 혹해 주문했다가 낭패를 보는 일도 줄었고 밤새 온라인 쇼핑을 하다 잠 못 이루던 날들도 사라졌다. 꼭 필요한 건 근처 상점에서 살펴본 후 비교하여 구매했고 그러다보니 동네 사람들과 안부를 주고받을 수 있게 됐다.

부재중이라 수령하지 못한 EMS 수령 절차는 걱정과는 다르게 간단했다. 점원은 신분증을 확인한 후 상자들이 가득 쌓인 어딘가를 가리켰다. 내 아이맥 컴퓨터가 있었다. 파손도 없었고 어디 찍힌 자국 없이 멀쩡했다. 관세 또한 없었다. 집까지 걸어갈 수 있는 거리는 아니라 우버 택시를 불렀다. 방 안에 큰 박스를 밀어넣고 나니 이렇게 잘 해결될 걸 왜 그렇게 걱정했나 싶어 헛웃음이 나왔다. 모든 것은 지나가고 흘러갔다. 걱정만으로 할 수 있는 건 아무것도 없었다. 매일같이 걱정에 걱정을 거듭하는 건 내 천성이었지만 이곳에서는 내려놓아야 했다. 다른 삶의 속도와 방식을 받아들여야 했다.

아내, 남편이 아니라 '파트너'로

+

애인과 도쿄에 사는 동안 내내 좀 다른 방식의 삶이 있지 않을까 고민했다. 외국에 살고 외국 국적을 지닌 파트너와 함께한다는 건 어디서 어떻게 함께 살아갈지를 고민해야 한다는 뜻이었다. 어디서 어떻게 살 것인가는 늘 나의 화두이기도 했고 네덜란드 유학을 결정한 것도 그 고민의 연장선이었다. 그런데 파트너와 만나기 시작하면서 실질적인 고민이 시작되었다. 그와 함께 산다면 그건 동거의 형태인지, 파트너십인지, 결혼인지 비혼인지, 그것도 아니라면 어떤 방식을 택할 수 있을지, 얼마나 일하고 얼마나 쉬며 함께 시간을 보낼 것인지, 최소한의 삶의 조건을 영위하기 위해 얼마나 벌고 얼마나 쓸 것인지에 대해 고민해야 했다. '살아갈 장소'는 그 모든 것에 가장 큰 영향을 미치는 요소였다.

그러나 한국만큼 노동시간이 긴 것으로 유명한 일본에서 어떻게 '지속가능한 삶'을 유지할 수 있을지는 미지수였다. 언젠가 아이를 낳는다면 둘 중 한 사람은 생계를 위해 노동을 지속해야 하는데 일본 사회는 노동시간이 길었다. 한 명이 희생하여 주 5일을 일한다고 해보자. 그럼 아침 아홉시에 출근해 저녁 대여섯시까지 일하고 종종 야근까지 할 텐데 그렇게 되면 가족이 함께 보낼 수 있는 시간은 거의 없다. 아이가 생기면 나머지 한 사람이 독박 육아를 할 것이 자명해 보였다. 출산은 물론이고 육아도 자신할 수 없는데 독박 육아라니. 인간이 해왔던 수많은 일을 로봇이 대체하는 인공지능 시대에 주 5일을 일터에서 보내야 한다니. 인간, 아니 나는 일을 좋아하긴 하지만 일을 하기 위해 태어난 것은 아닌데.

아무리 머리를 맞대고 고민해도 우리가 원하는 삶의 방식대로 살아갈 수 있을지 잘 그려지지 않았다. 고민에 고민을 거듭했고, 그러다 네덜란드로 함께 가지 않겠느냐고 말을 꺼냈다. 갑작스러운 제안이었다. "같이 가면 좋겠지." 그는 대답했지만 제안한 나도, 그도 뾰족한 수는 없었다. 그는 유럽에 한 번도 가본 적이 없다고 했다. 외국 생활이라고는 미국 로스앤젤레스에서 대학을 다니며 7년 정도 머물렀던 것이 전부라고 했다. 나는 네덜란드 생활의 긍정적인 면을 전파했다.

"네덜란드는 정규직보다 비정규직, 파트타이머가 많대. 주 4~5일 일한다고 하면 왜 그렇게 많이 일하느냐고 되묻는대. 파트타이머도 정규직처럼 똑같이 보장받으니까 굳이 풀타임으로 일할 필요가 없는 거지."

우리가 나고 자란 한국과 일본의 시스템으로는 상상하기 어려운 삶의 방식이었다.

"우리가 앞으로 함께 살 거라면 어디서 어떻게 살지를 고민해봐야 할 텐데 한국이나 일본에서는 우리가 원하는 삶의 방식을 실현하는 게 꽤 어렵지 않을까? 아시아 밖이라고 천국은 아니겠지만 다양한 실험을 해볼 수 있을 거야."

그러나 말처럼 쉽지만은 않았다. 나는 수입이 없는 학생 신분으로 몇 년을 지내야 했고, 애인은 아는 사람 하나 없는 곳에서 생계를 유지해야 했다. 그는 몇 개월간 고민한 후 나와 함께 가겠다고 했다. 어떤 비자를 받아야 하는지, 무슨 일을 할지도 아직 알 수 없었지만 지금이 아니면 이런 도전을 할 기회가 더이상 없을 것이라고 말이다. 그는 초기 정착 비용을 좀 벌기 위해 몇 달간 회사를 더 다닌 후 암스테르담으로 오기로 했다.

나는 석사과정을 하는 2년간 네덜란드에 체류할 수 있었다. 문제는 애인의 비자였다. 네덜란드로 가자고 제안했지만 그가 어떤 비자로 머무를 수 있을지 알 수 없었다. 그러다 동반자(배우자) 비자를 알게 되었다. 네덜란드에서의 거주허가증을 가지고 있는 이의 아내 혹은 남편이 신청할 수 있는 체류 비자였다. 학생의 경우도 가능했다. 문제는 우리가 결혼 절차를 밟지 않은 커플이라는 것이었다. 고심하다 말을 꺼냈다.

"결혼은 서류상의 절차라고 생각해. 이혼 역시 그렇고. 우리가 네덜란드에서 함께 살고 싶은데 비자가 필요하다면 미리 혼인신고를 하는 것도 방법 중 하나겠지."

진심이었다. 지금 당장 결혼하고 싶은 건 아니었지만 이 사람이라면, 그가 필요하다면 혼인신고를 해도 괜찮겠다고 생각했다. 어차피 국적이 달라 함께 지내려면 일본이든 한국이든 '서류상의 절차'를 거쳐야 했다. 게다가 애인은 일본에서의 생활을 전부 정리하고 네덜란드로 오는 것이었다. 어쩌면 그에게 보험 혹은 계약서 같은 것이 필요할 수도 있겠다는 생각이 들었다. 서로에 대한 약속을 혼인신고서로 대체하는 건 좋은 방식이 아니겠지만 지금의 그에게는 눈에 보이는 무언가가 필요할지도 몰랐다. 그는 몇 달간 고민했다. 그러다 다른 비자를 우선 찾아보겠지만 정 안 되면 동반자 비자를 받아야 하니 혼인신고를 해두자고 했다. 결혼식은 석사 졸업 후, 살 곳을 정해 정착하게 되면 하자고 말이다. 한 치 앞도 내다보기 어려운 내 인생이지만 지금 중요한 건 이 사람과 함께 지내는 일이었다. 언제 어떻게 어디서 자리잡을 수 있을지 확신할 수 없지만 그러자고 했다. 허나 그의 사려 깊은 가족을 만나본 경험이 없었더라면 불가능한 선택이었을 것이다.

+ 어쩌다보니 상견례

우리는 일사천리로 '어쩌다보니 상견례' 프로젝트를 기획했다. 영화 〈반짝이는 박수 소리〉의 일본 개봉을 맞아 배급사 초청으로 도쿄에 방문할 부모님과 후쿠오카에서 날아올 그의 부모님과의 저녁식사 자리를 마련했다. 우리는 사전에 레스토랑 몇 군데를 돌며 조용하고 밝은 조명이 있는 공간을 물색했다. 농인인 나의 부모님에게는 수어와 얼굴 표정을 잘 볼 수 있는 밝은 방이 필수적이었고, 애인의 부모님에게는 음성언어를 잘 들을 수 있는 조용한 공간이 필요했다. 두 가지 조건을 충족하는 식당을 찾는 것은 쉽지 않았다. 식당에 들어가 내부 조명이 어떤지, 수어를 하는 손과 얼굴 표정이 잘 보이는지, 통역하는 소리를 잘 들을 수 있을 만큼 조용한지를 살펴야 했다. 한국인과 일본인 입맛에 맞는 식사 메뉴가 있어야 했고 가격 역시 적당해야 했다. 고려해야 하는 것들이 많아 다소 까다로웠지만 생각보다 재밌었다. 우리만의 방식을 찾아가는 과정이었다.

상견례 당일. 엄마와 아빠, 나는 식탁 왼편에 앉았고 애인과 그의 부모님은 오른편에 앉았다. 애인은 부모의 일본어를 영어로 옮겼고, 나는 그걸 듣고 머릿속에서 한국어로 옮긴 후 한국 수어로 통역했다. 반대의 경우도 마찬가지였다. 이런 방식의 통역은 익숙지 않아 통역 과정에서 시간이 걸렸지만 모두들 이해하려고 노력했다. 특히 그의 부모님은 나의 부모를 아주 평범하게 대했다. 마치 비장애인을 대하듯 말이다.

"오늘 영화를 봤는데 너무 아름다워 눈물이 났어요. 우리는 정말 같고 또 다르다고 생각했죠. 실제로 만나 뵈니 정말 그렇네요."

엄마와 아빠는 고맙다며 고개를 숙였다.

"우리 아들이 이렇게 자라 보라를 만나고, 좋은 가족을 만나게 되어 너무……"

그의 어머니는 말을 채 잇지 못했다. 애인은 끝나지 않은 문장을 몇 마디 통역하다 목이 멘 목소리로 마지막 단어를 옮겼다. 나는 그 문장을 몇 개의 수어 단어로 조합해 전달했다. 엄마는 내가 아니라 그의 어머니를 보고 눈물을 흘렸다. 당신이 하는 말이 정확히 무슨 말인지는 알 수 없지만 그게 어떤 마음인지 잘 안다는 표정이었다. 옆에서 지켜보던 아빠도 눈물을 훔쳤다. 절대 우는 일이 없는 사람인데 말이다. 코끝이 찡해왔다. 애인의 아버지 역시 안경을 벗고 눈가를 손으로 훔쳤다. 다음 요리를 내오던 종업원이 문을 열다 주춤했다. 그렇다. 메인 요리가 나오기도 전에 우리는 다 함께 펑펑 울고 있었던 것이다.

"이야기를 본격적으로 시작하지도 않았는데 울기에는 조금 이르죠. 식사 먼저 해요."

애인과 내가 상황을 무마하자 모두가 웃었다. 나는 네덜란드로 함께 가려 한다며 말을 꺼냈다. 앞으로 어떻게 될지는 모르겠지만 비자 발급을 위해서는 서류상으로 결혼했다는 증명이 필요해 혼인신고를 먼저 하고 싶다고 했다. 양쪽 부모님들이 고개를 끄덕였다.

"그건 너희들의 삶이고 선택이지. 둘이 하고 싶은 대로 해."

+ 애인에서 파트너로

네덜란드에는 결혼 제도 외에 '파트너십'이라는 제도가 있는데 그 권리와 의무가 '결혼'과 동일했다. 그도 그럴 것이 이 나라는 세계 최초로 동성 결혼을 합법화한 곳이다. 그 말은 다양한 형태의 가족을 인정하고 지지한다는 뜻이고, 그건 성별이 무엇이든 국적이 어디든 동일하게 적용됐다.

> 파트너의 범위는 결혼한 배우자, 등록된 파트너, 등록되지 않았지만 6개월 이상 지속해왔음을 입증할 수 있는 관계를 포함한다.

이민국적부에 메일을 보냈다. 상세하게 나와 애인의 상황을 설명했다. 나는 한국 국적이고 애인은 일본 국적인데 양국에는 '파트너십' 제도가 없어 공식적으로 파트너로 등록할 수 없다, 아직 결혼도 하지 않았다, 나는 곧 학생 비자를 받을 예정인데 이 경우 미등록 파트너가 동반자 비자를 받을 수 있는가. 일주일 후에 회신이 왔다. 애인 역시 파트너에 해당하기 때문에 비자를 받을 수 있다고 말이다. 나와 그의 국적이 어디인지 우리의 성별이 무엇인지 묻지도 따지지도 않았다. 내가 레즈비언이거나 바이섹슈얼이라 여성 파트너를 초청하고 싶은 경우에도 가능하다는 말이었다.

정보를 공유하자 애인은 동반자 비자를 받기 위해 혼인신고 이야기를 시작하게 됐지만 그것만이 유일한 이유는 아니라고 했다. 그러나 내게는 혼인신고를 할 중요한 이유 하나가 사라진 상황이었다. 이것저것 더 알아보니 서류상으로 부부가 되면 맞닥뜨릴 문제들이 꽤 있었다. 건강보험, 세금 등의 문제가 그랬다. 어떻게 할까 고민하다 지금 혼인신고를 하는 건 좋지 않겠다는 결론을 내렸다. 떠나기 전에 처리할 일들이 산더미였다. 그 역시 마찬가지였다. 혼인신고가 '네덜란드로 떠나기 전에 해치워야 하는 목록' 중 하나로 추가되는 것은 그닥 기쁘지 않았다. 미혼 상태에서 기혼이 되는 것도 갑작스러웠다. 내 이점을 위해 문제투성이인 이 결혼 제도에 문제 제기 하나 없이 편입하는 것 역시 비겁하다고 느꼈다.

일본과 한국에 있을 때는 '파트너십'이 굉장하고 대단해 보였는데, 이곳에 살기 시작하니 그건 평범한 일상에 가까웠다. 실제로 많은 이들이 '결혼'이 아닌 '파트너십'을 유지한 채 살았다. 부모님 나이뻘쯤 되는 멘토 샌더도, 조교들도 마찬가지였다. '남편'이 아닌 '남자친구'가 있다고 했고 '아내'가 아닌 '여자친구'라고 불렀다. 파트너라고도 불렀다. 레즈비언인 동기 말라이나도 그랬다. 어떤 이름으로 어떻게 부르든 혹은 불리든 상관이 없었다. 합법적으로 등록되어 있든 아니든 간에 그들은 엄연한 파트너였다. 네덜란드는 1998년에 파트너십 제도를 합법화했다. 그때는 동성 간의 결혼이 합법화되지 않았기 때문에 동성 커플이 결혼 제도 대신 선택하던 대안이 바로 파트너십 제도였다. 법률상 파트너십 제도와 결혼 제도는 동일한 권리와 의무를 가진다. 2001년, 네덜란드는 세계 최초로 동성 결혼을 합법화했다. 1998년과 2001년 사이에 파트너십 제도에 등록한 커플 중 삼분의 일은 이성 커플이었다. 기존 '결혼' 제도에 진입할 수 없는 동성 커플뿐 아니라 이성 커플 역시 선택했다는 것은 결혼 제도가 아닌 또다른 형태의 제도가 필요하다는 의미다. 네덜란드는 등록하지 않은 파트너, 비혼 동거 커플에 대해서도 법적 지위를 보장한다. 그렇기에 우리가 '외국인'이고 '비혼' 커플이며 '미등록 파트너'여도 그는 당당히 나의 파트너가 될 수 있었던 것이다.

파트너, 하고 불러보았다. 꽤 괜찮은 단어였다. 영어의 와이프,

허즈번드가 주는 어감보다 훨씬 나았다. 결혼을 하게 되면 생물학적 성별에 따라 나는 와이프가 되고 그는 허즈번드가 될 터였다. '아내' 혹은 '와이프'라니. 그렇게 불리고 싶지 않았다. 호칭만으로 갖게 되는 나이 어린 여성의 위치성이 싫어 나이 많은 남자 동기들에게 일부러 '오빠'가 아닌 '형'이라고 부르던 나였다. 그런 내가 결혼과 동시에 아내가 되고 와이프가 되어야 한다니. 그래서 네덜란드의 등록·미등록 파트너십 제도는 내게 알맞았다. 단어 역시 마음에 들었다. 한국어로는 우리를 비혼 동거 커플 혹은 동거 커플 정도로 소개할 수 있을 텐데 그것보다는 어떤 경계 없이 그냥 파트너라고 부르는 것이 좋았다. 그렇게 나는 그를 남자친구나 애인이 아닌 파트너로 부르기 시작했다.

새집 구하기 프로젝트

+

크리스마스를 앞두고 파트너가 왔다. 낯선 곳에서 함께 사는 건 처음이라 설렌 것도 잠시, 집 문제를 가장 먼저 해결해야 했다.

네덜란드의 주택 제도에는 보증금 개념이 없었다. 있긴 있어도 월세 두 배 정도의 적은 금액이었다. 그 말은 한국같이 높은 보증금 제도가 없으니 세입자가 월세를 밀리지 않고 잘 낼 수 있는지 다른 방식으로 입증해야 한다는 뜻이었다. 거의 모든 매물에는 연소득이 최소 얼마여야 한다는 조건이 상세하게 적혀 있었다. 그래도 물어나보자 싶어 메일을 보냈다. 대부분 급여 명세서가 없다면 조건에 부합하지 않아 어렵다고 회신했다. 그럼 여기 이제 막 도착해 직업을 찾는 중인 무직자나 외국인 학생의 경우는 어떻게 집을 구하라는 말인가. 심지어 집값도 비쌌다. 암스테르담에서 두 사람이 살 수 있는, 침실 하나와 거실, 욕실과 화장실이 있는 12~13평 정도의 아파트는 월 1250유로부터 시작했다. 아무리 물가 비싼 서울과 도쿄에서 온 우리라지만 이 정도의 월세는 상상해본 적이 없었다. 돈도 별로 없는데 집조차 볼 수 없다니 서글펐다.

파트너가 다급하게 나를 불렀다. 괜찮아 보이는 집 하나를 발견했는데 집을 보러 오라고 했다는 것이다. "우리 상황 설명했어?" 파트너는 고개를 끄덕였다. 매물이 올라온 사이트를 확인했다. 멀쩡해 보였다. 큰 부동산은 아니었지만 중개업으로 공식 등록된 회사였다. 침실 하나에 거실, 작은 주방, 화장실이 있는 11~12평 정도 되는 1층 아파트였다. 위치는 한국 사람들과 일본 사람들이 많이 사는 암스텔베인. 한국, 일본 마트가 가까운 곳이었다. 대박! 자전거를 타고 남쪽으로 향했다.

"우리 상황 얘기했어? 그래도 입주할 수 있대?"

헛된 희망을 품지 않기 위해 침착하게 상황 파악을 했다.

"돈 저축해둔 것 있으면 그걸로 은행 잔고 증명을 하고, 자국에 소득이 있으면 서류 번역해서 제출하래. 중개인이 집주인이랑 잘 아는데 그걸로 설득할 수 있을 거라고."

집은 괜찮아 보였다. 일사천리로 일이 진행되었다. 그런데 조금 찜찜했다. 처음으로 둘이서 같이 본 집인데 이렇게 일이 잘 풀려도 되는 것인가. 집을 몇 개 더 봐야 하는 것은 아닌가. 학생 아파트로 돌아와 이곳에서 집을 구할 때 유의해야 하는 것들이 있는지 점검했다. 부동산이 매물을 올리는 사이트에 접속했다. 이상한 점이 하나 있었다. 집을 보여준 중개인의 회사와 사이트에 집을 올린 회사가 달랐다. 중개인에게 물어보니 친구네 회사가 대신 올려준 것이라 그렇다고 했다. 의심스러웠다. 그렇지만 중개인은 집 열쇠를 갖고 있었고 집주인이 그 집의 실제 주인인지는 계약할 때 확인하면 될 듯했다. 다음으로 의심스러웠던 건 그가 제시한 중개 수수료였다. 통상 월세에 해당하는 금액을 중개 수수료로 요구했는데 월세가 1250유로니 한화로 160만 원이 넘는 돈을 수수료로 내야 했다. 그가 한 수고에 비해서는 굉장히 비쌌다.

파트너는 중개인에게 수수료에 대해 묻는 메시지를 보냈다. 그러자 다소 격앙된 투의 답장이 왔고, 몇 번의 메시지가 오갔다.

"수수료의 반에 해당하는 금액을 세입자가, 나머지 절반은 집주인이 내는 것으로 협의하시죠. 실제로 집에 침대, 소파, 옷장 등 가구 모두 포함되어 있는 조건이니 합리적인 계약이죠. 진행하시겠어요? 오늘 안에 성사되지 않으면 다음 대기자로 넘기려고 합니다."

수수료는 절반으로 줄었지만 신뢰할 수 없었다. 기록을 남기는 게 좋을 것 같아 메시지와 메일로 연락했는데 이상하게 자꾸만 전화로 답을 했다. 게다가 약간 흥분한 목소리였다. 협박을 하고 있다는 느낌도 들었다. 의심스러웠다. 새로 개정된 법에 따르면 우리가 직접 사이트를 통해 매물을 찾았기 때문에 과도한 수수료를 낼 필요는 없었다.

몇 시간을 고심했다. 의심스러웠지만 매물이 없어 다른 대안이 없었다. 사기를 당할 경우의 수는 얼마나 되는지 살펴보았다. 키를 가지고 있는 걸 보니 실제 집주인과 중개인은 맞는 것 같았지만 중개인의 태도가 마음에 들지 않았다. 어느 한구석 명확한 것이 없었다. 고민 끝에 계약하지 않기로 했다. 파트너는 빨리 집을 구해 이 좁고 우울한 학생 아파트에서 벗어나자고 했지만 중개인과 몇 차례 통화를 하고 나더니 그냥 다른 곳을 찾자고 했다. 계약하지 않겠다는 메시지를 보냈다. 중개인은 비꼬는 투로 답장을 보냈고 다른 세입자에게 넘기겠다며 거래를 끝냈다. 덩치도 큰데다가 성질도 급한 사람이라 혹시 그가 우릴 해코지하진 않을까 무서웠다. 그렇지만 우선순위는 안전이었다. 외국에서 사기당하지 않도록 조심하는 것. 다소 무서웠던 협상을 중지했지만 아직 집을 구하지 못했다. 게다가 한 달 후에는 학생 아파트에서도 나가야 했다. 암스텔베인 집과 계약하게 될 줄 알고 계약을 종료하고 싶다는 메일을 보내두었던 것이다. 남은 기간은 한 달이었다.

+ 암스테르담 노르트, 마당 있는 드림하우스

암담했다. 파트너는 나날이 우울해했다. 하루종일 집만 찾아보는데 정작 보러 갈 수 있는 집은 하나도 없었다. 전화해서 우리 사정을 구구절절 설명하는 것은 정말 즐겁지 않은 일이었다.

이곳의 척박한 계절과 오갈 데 없는 신세에 한탄하던 즈음, 몇몇 웹사이트를 발견했다. 집주인이 직접 매물을 등록할 수 있는 사이트였다. 작은 규모라 의심스러웠지만 암스테르담 시청에서 추천하는 사이트라 믿어보기로 했다. 회원 가입을 하고 집들을 쭉 둘러봤다. 페이지 상단에 '가장 인기 있는 집'이라고 추천된 집이 하나 있었다. 암스테르담 노르트Noord, 중앙역에서 24시간 운영되는 무료 페리를 타고 갈 수 있는 동네였다.

매물은 정말 '집'이었다. 단독주택은 아닌, 옆집들과 붙어 있는 형태의 '스몰 하우스'였고 집 크기만큼 큰 마당이 있었다. 아담하고 훌륭했다. 위치도 나쁘지 않았다. 페리를 타야 하지만 중앙역까지는 자전거로 10분, 학교까지는 20~25분이 걸렸다. 고민하지 않고 메시지를 보냈다. 또 거절당하겠지만 물어라도 보자. 회신이 왔다.

"내일 집 보러 오실래요? 제가 독일에 있어서 아버지가 대신 계실 거예요."

와! 소리를 질렀다. 집을 보여준다는 것만으로도 감사했다. 살 수는 없어도 마당 있고 아담한 집을 둘러보는 것만으로 즐거울 것 같았다. 동네를 둘러보고 싶어 일찍 도착했다. 허기가 졌는데 마침 햄버거 가게가 하나 보였다. 양고기가 들어간 버거를 시켰다. 예상을 뛰어넘는 훌륭한 맛이었다. 감자튀김도 신선했고 수제 마요네즈도 잘 어울렸다. 네덜란드에서는 감자튀김에 케첩 대신 마요네즈를 찍어 먹는데 파트너는 케첩을 선호했지만 나는 마요네즈를 사랑했다. 운명일지도 몰라. 이렇게 맛있는 햄버거 집 근처에 살게 된다면 참 좋겠다고 웃었다. 집은 주황색 지붕에 빨간 벽돌집으로 가득한 주택가에 위치했다. 사람 사는 동네 같았다. 사진으로만 봤던 마당은 실제로 보니 엄청 컸다. 잔디밭이라 관리하기 조금 까다로울 것 같긴 했지만.

임대인의 아버지가 우리를 맞았다. 차분하고 신뢰감을 주는 인상이었다. 집안에는 아무것도 없었다. 네덜란드의 집들은 장판도 전등도 없는 것이 기본 옵션인데 그래도 이 집은 다행히 장판이 깔려 있었고 부엌은 리모델링이 되어 있었다. 해야 하는 것은 전구를 새로 달고 페인트칠을 하는 것. 1층에는 거실과 이어진 오픈형 주방이 있고 작은 냉장고가 있었는데 그제야 깨달았다. 이 나라에서는 이렇게 작은 냉장고, 한국 원룸형 집에 풀옵션으로 딸려 있는 소형 냉장고보다 조금 큰 정도의 냉장고가 '기본'이라는 걸. 냉장고 안에는 한 칸짜리 냉동실이 하나 있었다. 도대체 이 나라 사람들은 어떻게 밥을 해 먹고 사는 건지. 화장실과 샤워실이 붙어 있었는데

딱 한 사람이 쓸 수 있을 만한 크기였다. 우리는 그렇다 치고 덩치 큰 네덜란드 사람들은 어떻게 씻지. 2층에는 책상 하나를 놓을 만한 크기의 창문 없는 작은 방과 넓은 침실이 있었다. 그래도 이 집이 마음에 들었다. 기뻐서 소리를 지르고 싶었지만 차분하게 확인해야 할 것들을 체크했다. 파트너에게 눈빛을 보냈다. 그 역시 고개를 끄덕였다. 임대인의 아버지에게 계약하고 싶다는 의사를 전달했다. 가격은 이전에 봤던 집과 동일한 월 1250유로였다.

차근차근 우리 상황을 설명했다. 집이 너무 마음에 든다고도 했다. 그는 필요한 서류는 딸에게 보내되 우리를 직접 만나봤으니 신뢰할 만한 세입자라고 추천하겠다고 했다. 돌아오는 길에 두 손을 맞대고 기도했다. 이 드림 하우스에서 살 수 있다면 월세 불평하지 않고 일 열심히 하면서 살게요, 제발.

서류를 준비했다. 세입자 후보 사진으로는 가장 다정하고 사이 좋아 보이는 사진으로 골랐다. 며칠 후, 우리를 세입자로 환영한다는 회신이 왔다. 이게 꿈이냐 생시냐. 너무 기뻐 방방 뛰었다. 마당 있는 이층집이라니. 페인트칠도 해야 하고, 마당의 풀도 뽑아야 하고, 등은 내 생애 한 번도 달아본 적이 없지만 마냥 행복했다. 그렇게 암스테르담 노르트에서의 삶이 시작되었다.

3부

나만의 방법론 찾기

가질 수 없는 유연함

+

본격적인 워크숍이 시작되었다. 파리를 기반으로 활동하는 감독이자 영화이론가인 에이얄이 모든 학기의 중요 워크숍을 맡았다. 에이얄은 이스라엘에서 파리로 이주한 후 사진을 찍다 다큐멘터리영화 작업을 시작했다. 그는 예술적 연구가 무엇을 뜻하는지, 네 학기 동안 우리는 어떤 여정을 거치게 될지 전반적으로 설명했다.

워크숍 첫날에는 보트 트립을 하는 동안 찍은 과제물을 공유했다. 각자의 시선과 시각이 담겨 있었다. 나는 배에서 찍은 몇몇 이미지와 그곳에서 느꼈던 것들을 음성언어 내레이션 없이 자막으로 표현했다. 하고 싶지도 않았고 보여주고 싶지도 않은 작업이라 상영 내내 창피했다. 영화를 배우러 왔지만 아직 아무것도 하고 싶지 않다는 게 문제였다. 유학 오기 전, 너무 많은 일들을 한꺼번에 처리해 번아웃이 온 것이다. 자신감도 부족했다. 게다가 어디서부터 어떻게 새 작업을 시작해야 하는지 알 수 없었다. 에이얄은 이론 강의를 진행하며 그동안 알고 있던 지식이 과연 맞는지 되돌아보고 질문을 던지는 것이 여정의 출발점이 될 것이라 했다.

"석사과정에서는 돌아보는 것이 가장 중요한 행위가 될 거예요. 그룹 구성원들의 다양한 시각을 통해 그동안 우리가 보아오고 인식해왔던 것들에 질문을 던질 겁니다. 가령 우리는 유럽의 관점에서 세상을 바라보죠. 그런데 보라의 관점에서 이곳을 바라보면 어떨까요? 중국에서는 중국을 중심으로 지도를 만듭니다. 여기 유럽이 유럽 중심으로, 미국이 미국 중심으로 지도를 만드는 것과는 완전히 다른 방식이죠. 우리는 아시아를 '동쪽'이라고 부르지만 아시아 기준에서 동쪽은 미국이죠. 서쪽은 유럽이 되고요. 우리는 2년 동안 서로의 관점을 통해 질문을 던지며 배워나갈 것입니다."

에이얄은 내게 맞냐고 물었다.

"한국에서는 한국을 중심으로, 그러니까 한국이 위치한 아시아 대륙 중심의 지도를 그려요. 실제로 동쪽에는 미국이 있고 서쪽에는 여기 네덜란드를 포함한 유럽이 있죠. 그래서 저는 '웨스턴Western'이라고 할 때 그게 미국인지 유럽인지 헷갈려요. 지도상으로는 사실 웨스턴은 유럽이고 미국은 이스턴Eastern, 동쪽에 있거든요."

에이얄은 시각에 따라 세상은 완전히 달라진다며 보라가 있어 아시아의 관점에서 보는 법을 시도해볼 수 있다는 것을, 그룹의 중요성을 다시 한번 강조했다. 몇몇 동기들은 다소 놀란 표정이었다. 중국과 한국이 지도의 중심이 될 수 있다는 건 한 번도 생각해보지 않은 듯했다.

둘째날에는 과제로 그려온 지도를 발표했다. 내가 누구인지 지도로 표현해보는 과제가 첫번째였고, 자신의 관심사를 소재로 지도를 그려보는 게 두번째 과제였다. 단순한 연구 지도를 그리는 것과는 달랐다. 자신의 관심사는 어디에 있는지, 나는 누구인지, 나의 고유성은 무엇인지, 나의 관심사를 펼쳐보았을 때 나의 작업들은 어디와 어디 사이에 위치해 있는지를 살펴보는 데 목적이 있었다. 1학기 주제, '주관성'에 들어맞는 과제였다.

1990년, 남한, 경기도 부천. 농인 부모 사이에서 코다로 태어난 나. 지도 우측에 제일 먼저 적었다. 외국에서는 늘 남한에서 왔는지 북한에서 왔는지 질문을 받아왔다. 다음으로 적었다. 나는 남성 중심 사회에서 태어난 여성이자 장애인 가정의 자녀였다. '정상성'을 기반으로 한 질문을 받아왔다. 그건 나로 하여금 페미니스트가 되게 했고, 이야기꾼으로 성장하게 했다. 사유함으로써 생각의 깊이는 깊어졌지만 일상은 투쟁으로 가득찼다. 그 사이사이에 내가 제작했던 영화, 써왔던 글들이 자리했다.

일상에서 투쟁해오며 자랐다고 이야기하고 어떻게 지도를 그렸는지 설명하다가 어쩐지 억울한 마음이 들어 그만 목이 메었다. 다른 동기들은 그런 방식으로 자신을, 자신의 삶을 설명하지 않았기 때문이다. 암스테르담에서 태어나고 자란 빅토린은 이렇게 말했다.

"보라는 삶의 지도에서 자신이 억압적인 환경에서 자랐고 그래서 이런 작업들을 해왔고 해낼 수밖에 없었다고 했는데, 저는 그런 방식으로 작업을 해오지 않았기 때문에 매우 흥미로웠어요."

개인의 예술 작업이 꼭 어떤 사회·문화적 억압으로부터 시작되지만은 않는다는 것이, 자신이 하고 싶은 작업을 자유롭게 할 수 있다는 것이 부러웠다. 무엇보다 그가 가진, 동기들이 가진 자유로움과 유연함을 갖고 싶었다. 삶의 모습이 판이하게 달랐다. 자유로운 환경에서 예술을 받아들이고 고민하고 배워왔던 그들의 유년 시절은 내가 가지려 애써도 가질 수 없는 것이었다. 수업을 마치고 집으로 가는 길, 억울한 마음들이 쏟아졌다.

너도 너의 권리를 말하고 지킬 필요가 있어

+

수업 시작 시간이 열시에서 열시 반으로 바뀌었다. 학기 중반이 되자, 동기 중 두 명이 조심스레 모든 워크숍과 수업 시작 시간을 30분 미룰 수 있는지 물어왔다. 이유인즉, 그들이 살고 있는 로테르담과 델프트에서 학교가 있는 암스테르담까지 오려면 기차를 타야 하는데 교통비가 부담된다는 거였다. 수업 시간을 조금 늦추면 출퇴근 시간 이후에 기차를 탈 수 있는데, 더치 학생인 경우 출퇴근 시간 이후에는 무료로 탑승이 가능하다고 했다. 열 명의 학생 중 두 명의 생활비 절감을 위해 대학원 수업 시간 전체를 바꾼다고? 낯선 제안이었다. 그룹 채팅방에 웃는 얼굴의 이모티콘을 보냈다. 좋은 제안이라고 생각하지만 어떻게 해야 할지는 몰라 보낸 애매한 답변이었다. 다른 사람들의 반응을 지켜보기로 했다. 다른 동기들이 "Why not(왜 안 되겠어)?" "나는 괜찮아" "좋은 생각이네" 하고 메시지를 보냈다. 조교를 비롯한 학장, 멘토들은 우리의 결정에 따르겠다고 했다. 그렇게 수업 시간은 아무렇지도 않게 변경되었다.

며칠 전에는 시리아 영화감독 오사마 무함마드의 특강이 있었다. 파리에 살고 있는 그는 지금까지 지속되고 있는 시리아 내전에 관한 영화 〈은빛 수면, 시리아의 자화상〉을 보여주었다. 1001명의 시리아인들이 촬영한 영상을 모아 만든 다큐멘터리영화였다. 폭탄으로 무너진 건물 사이에서 시멘트 먼지에 뒤덮인 고양이가 다리를 잃은 채 절뚝이며 걸었고, 폭탄 파편에 맞아 죽은 말들이 거리에 누워 있었다. 총에 맞아 쓰러진 주민을 구하기 위해 긴 철사를 던져 어떻게든 부상자를 자기 쪽으로 끌어오려는 이들의 얼굴이 스쳐지나갔다. 누군가는 수많은 사람을 고문하고, 누군가는 그들을 구하고 있었다.

그런데 갑자기 요란한 비닐봉지 소리가 들렸다. 뒤를 돌아보니 에이얄이었다. 그는 점심을 미처 먹지 못했는지 맛있다는 말을 덧붙이며 음식을 먹고 있었다. 미세한 소리도 다 들리는 작은 강의실이었다. 이곳 석사과정에서는 수업 도중 무언가를 먹는 행위가 허용된다. 워크숍 자체가 밀도 있게 진행되다보니 중간에 허기가 지는 경우가 많기 때문이다. 실제로 수업 도중 집에서 싸온 도시락이

나 카페테리아에서 주문한 샌드위치 등을 먹기도 했다. 앞에서 선생님이 수업을 하는데 어떻게 대놓고 음식을 먹지 싶었지만 점차 적응이 되었다. 그러나 이 경우는 달랐다. 영화를 상영하는 중이었다. 극영화도 아니라 다큐멘터리영화였다. 스크린에서는 사람들이 죽어가고 있었다. 게다가 감독이 바로 옆에 앉아 있었다. 몇몇 이들이 뒤를 돌아보며 눈치를 주었다. 무언가를 먹을 상황이 절대 아니었다. 그는 신호들을 알아채지 못했고 이후에도 다른 이들이 여러 차례 주의를 주었다. 에이얄은 영화 상영 중간에 나갔고, 우리는 사과도 없이 사라진 그의 행동에 의아해했다. 얼마 후, 단체 메일이 왔다.

사과문

모두에게. 지난 특강중 제 행동에 놀란 사람들이 있었다는 것을 다른 사람을 통해 뒤늦게 알게 되었습니다. 영화 상영중 제가 저질렀던 저속한 행동에 충격을 받았다면 정중히 사과하고 싶습니다. 앞으로도 제가 잘못된 행동을 한다면 망설이지 말고 알려주십시오. 저는 여전히 배우고 훈련하고 있습니다. 고맙습니다.

나는 그가 화가 나서 강의실을 나간 줄 알았다. 이곳에서는 꽤 유명한 감독이자 대표 교수를 맡고 있는 사람이니까. 사실 그에게 감히 조용히 하라고 말할 수 있는 것조차 대단하다고 생각했다. 그가 모두에게 사과문을 보낸 것이 놀라웠고 '여전히 나는 모두로부터 배우고 있다'고 말한 것도 그랬다. 알고 보니 학생 중 하나가 멘토링 과정에서 그에게 영화 상영중 있었던 일을 언급했는데 그제야 그런 분위기인지 파악하지 못했다며 미안하다고 한 것이었다. 조교들 역시 그가 상황을 파악할 수 있도록 도왔다. 이 모든 일을 만들어낸 이들의 힘이 놀라웠다. 커뮤니티 구성원들의 관용과 유연함을 믿는 사람들이었다.

다른 워크숍에서는 이런 일도 있었다. 사진을 찍는 동기 한 명이 프랑스 파리의 사진 축제에 가야 해서 수업에 결석했다. 워크숍은 필수로 참여해야 하는 것이 원칙이지만 각자 작업 일정에 따라 부득이한 사정이 있다면 조정할 수 있었다. 워크숍 시작 전, 동기 한 명이 영상통화를 시작했다. 잠시 후 파리에 갔다는 동기 얼굴이 프레임 안에 가득찼다. 시끄러웠다. 실내가 아니라 실외 어딘가에서 전화를 받은 듯했다. 인터넷 연결 상태가 좋지 않아 수업에 방해가 될 정도로 소음이 크게 들렸다. 소리에 민감한 나에게는 더더욱 그랬다.

'뭐야. 개인 사정으로 출장 가서 워크숍에 오지 못하는 건 각자가 감수할 몫인데 왜 남들한테 피해 주면서까지 수업에 참석하려고 하지?'

불편했다. 안 그래도 알아듣기 힘든 영어가 더더욱 들리지 않았다. 게다가 그는 듣는 것에 그치지 않고 말까지 하려 했다. 자기 의견을 많이, 또 자주 피력하는 동기였다. 연결 상태가 이렇게 좋지 않은데 의견 개진까지 한다니. 대단하다. 나는 절대 하지 못할 일이었다. 주변을 살펴보았지만 다들 괜찮은 것 같았다. 누군가는 이건 정말 아닌 것 같다고 이야기해야 할까. 워크숍은 중단 없이 계속되었고 나는 이것이 유럽의 문화인가 혹은 네덜란드 문화인가, 이 일은 과연 수용할 수 있는 일인가 아닌가를 생각하며 워크숍에 집중하지 못하고 문화 차이에만 온 신경을 쏟았다.

며칠 후, 동기 야핏과 커피를 마실 때였다. 그때 일이 생각나 말을 꺼냈다.

"여기서는 그래도 돼? 이게 네덜란드 문화야?"

"음, 꼭 그렇지만은 않아. 난 이게 세번째 석사과정이고, 다른 예술학교에서 학부를 졸업했는데 여기만큼 개방적이고 관용적이지는 않았어. 여기가 좀 특별하다고 할까. 그런데 보라, 네가 불편하면 언제든지 말해야 해. 사실 나도 시끄럽다고 생각하긴 했는데 그 동기는 자신이 수업을 들을 권리를 그렇게 찾은 거거든. 너도 너의 권리를 말하고 지킬 필요가 있어."

야핏은 남들이 어떻게 생각하는지 신경쓰는 것보다 나의 의견을 정확하게 밝히는 것이 우선이라고 했다. 자유와 관용은 거기서부터 출발한다고 말이다.

그러나 학교 건물은 밤 아홉시만 되면 '어떠한 관용도 없이' 문을 닫는다. 왜냐면 모두가 퇴근해야 하기 때문이다. 이 글을 쓰는 오늘도 학교에 갇혀 밤을 지새워야 하는 불상사를 방지하기 위해 나는 이만 일어서야 한다. 그럼 여기까지.

네가 필요하다면 우리가 노력할게

+

학기 초반, 수업을 마치고 집으로 돌아가는 길이면 수업 시간에 아무 말도 하지 못한 스스로를 자책했다. 토론을 기반으로 한 워크숍에는 쉽게 익숙해지지 않았다. 게다가 학기 초반이라 모두들 열의가 가득했다. 나를 포함한 열 명의 동기가 눈을 동그랗게 뜨고 온 힘을 다해 수업에 참여하고 있었다. 끼어들 틈이 없었다. 나의 영어 실력은 토론에 참여하기는커녕 말을 알아듣는 데도 굉장한 집중력을 요했다. 제법 어려운 내용의 토론이 시작되면 내용을 파악하는 데만 엄청난 에너지가 필요했다. 토론식 수업에 익숙하지 않을 뿐더러 영어로 듣고 말하는 환경에 노출된 적이 없던 나에게는 모든 것이 어렵고 힘들었다. 어학연수를 가본 적도 없고 학부 때 교환학생 프로그램을 다녀온 적도 없었다. 영어를 배우러 온 건지 영화를 배우러 온 건지 헷갈렸다.

내게 발언권이 주어질 때는 괜찮았다. 한 사람씩 돌아가며 말한다거나 나를 지목하며 내 의견을 물어보는 경우는 그나마 나았다. 모두가 내 말이 끝날 때까지 기다렸기 때문에 무슨 내용인지 파악하지 못한 경우에도 다시 한번 말해달라고 요청할 수 있었다. 동기들은 쉬운 단어로 풀어 설명해주거나 천천히 다시 말해주었다. 그러나 그것도 한두 번이지, 종종 수업의 흐름에 방해가 된다거나 폐를 끼치고 있다는 생각이 들 때면 괴로웠다. 그래도 한국에서는 성적 우수 장학금을 받으며 학교에 다녔는데. 입술을 질끈 깨물고 집에 돌아와 침대에 누워 허공에 발길질을 했다.

+ 모든 구성원의 발언권을 보장하는 과정

학기 중반 즈음이었다. 이제까지 해왔던 연구와 작업의 방법론을 발표하고 그에 대한 의견을 나누는 워크숍이 한창이었다. 나는 마지막 차례였다. 새빨개진 얼굴로 발표를 마치고 나니 강사를 비롯한 동기들이 여러 의견을 주었다. 피터의 피드백 내용을 잘 알아들을 수 없어 다시 한번 설명해달라고 요청했다. 그는 한번 더 말하다가 옆에 앉은 말라이나를 보고 웃었다. 어, 왜 웃지? 당황스러웠고 기분이 나빴다. 말라이나는 무슨 말인 줄 안다는 듯 피터를 보고 입꼬리를 올렸다.

'내가 말을 못 알아들어서 비웃는 건가? 아니면 아까 시간이 다 됐다고 했는데 그것 때문에 그런 건가? 이렇게 나를 대놓고 비웃을 리가 없는데. 그것도 동기들이.'

받은 피드백을 노트에 적었다. 강사는 워크숍을 마칠 시간이라며 수업을 마무리했다. 아닐 거라고 생각했지만 계속해서 기분이 나빴다. 수업에서 사용한 컵을 씻으며 옷매무새를 다듬고 거울을 봤다. 다시 생각해봐도 기분이 좋지 않았다. 이런 찜찜한 기분으로 집에 갈 수는 없었다. 강의실에 돌아오니 말라이나는 가고 없었고 피터가 앉아 있었다.

"나 물어볼 게 있는데."

"응, 뭐?"

"아까 혹시 나한테 의견 줄 때 내 옆에 있는 말라이나 보고 웃었잖아. 그거 혹시……"

사실 확인만을 하려 했다. 무표정한 얼굴로 감정 없이 묻고 싶었다. 갑자기 눈물이 났다. 그가 놀라며 무슨 일이냐고 물었다.

"잠깐만. 눈물날 것 같은데, 내가 안 울고 말 끝낼 수 있게 해줘. 그거, 혹시 내가 네 말을 잘 못 알아들어서 웃었던 거야?"

피터는 손을 내저었다. 말라이나가 워크숍을 정리하고 집에 가고 싶어하는 눈치였는데 수업이 끝날 듯 말 듯하면서 끝나지 않아 피터에게 이제 그만 말하라고 신호를 주었다는 것이었다. 긴가민가 했는데 역시 아니었다. 안도감이 들었고 참았던 눈물이 터졌다.

"나는 다른 동기들이 나에게 주는 피드백처럼 유용하고 도움되는 피드백을 모두에게 주고 싶은데, 영어를 아직 잘 못하니 가끔 수업 내용도 놓치고. 혹시 너희들이 답답해서 웃었는지 하고……"

피터는 그런 의미가 절대 아니라고 했다.

"그건 정말 오해야, 보라. 그렇지만 네가 그게 어떤 의미였느냐고 물어봐준 건 정말 잘한 일이라고 생각해, 정말로. 말라이나가 여기 같이 있었다면 좋았을 텐데. 내일 만나면 다시 얘기해보자. 나는 네가 제대로 이해하지 못한다면 몇 번이고 다시 말해줄 수 있어. 걱정 마."

나는 믿었다, 2년을 동고동락할 동기들이 절대로 그런 사람이 아니라는 걸. 그렇지만 수업 시간에 의견 하나 제대로 말하지 못하는 나 자신에 대한 자존감과 자신감은 여전히 바닥까지 떨어진 상태였다. 질질 짜지 않고 프로페셔널하고 멋지게 하고 싶었는데. 눈물과 콧물에 젖은 휴지들이 책상 위에 놓여 있었다. 피터는 다시 한번 물었다.

"내가, 그리고 우리가 어떻게 하면 좋을까? 네 말대로 토론에 끼어들기 어려우면 너에게 발언권을 따로 줄까? 대화를 놓쳤으면 신호를 보내. 얼마든지 다시 얘기해줄게."

열 명의 그룹원을 중심으로 진행되는 이 과정의 훌륭한 점은 서로를 돌보는 것이 가장 중요하다는 걸 모두가 잘 알고 있다는 것이었다. 동기들은 무슨 일이 생기면 다 같이 회의하자고 제안했다. 필요한 경우에는 강사, 학장, 조교 모두가 모였다. 누군가 곤란한 상황에 처해 있어 도움을 요청할 때면 늘 이런 질문이 따라왔다.

"너의 상황에 공감하고 이해해. 그래서 지금 네게 필요한 건 뭐야? 내가, 우리가 그걸 할 수 있도록 노력할게."

누군가가 상처를 받거나 힘들어하는 경우, 모두가 돌아가며 그룹 안에서 자신은 어떻게 느꼈고 어떤 마음이었는지 이야기했다. 해결 방안을 찾기 위해 상대방에게 직접 물었다. 상대방의 이야기를 정확하게 듣고 그가 무엇을 필요로 하는지 파악하며 그 같은 일이 다시 일어나지 않도록 노력하는 것. 그 절차는 엄청난 시간과 에너지를 필요로 했지만 모두들 이 과정을 기꺼이 거쳤다.

그건 문제를 해결할 때만이 아니었다. 석사과정 프로그램 기획 및 구성에 대해서도 마찬가지였다. 학기 일정과 프로그램은 탄탄히 짜여 있었다. 네 학기를 중심으로 여러 워크숍들이 유기적으로 연결된 형태가 예술적 연구 석사과정이었다. 독립된 워크숍처럼 보이는 글쓰기, 온라인 아틀리에(작업실) 만들기, 편집, 연구 방법론, 사진 워크숍, 자기민속지학·사적 다큐멘터리 등의 수업들이 학기의 성격에 맞게 배치되고 구성되었다. 강사는 학교 외부에서 초청된 사람들이었고 학장과 조교는 이 프로그램이 잘 진행될 수 있도록 기획하고 관리했다. 강사들은 이 석사과정 프로그램을 오랫동안 함께해온 사람들이었다.

워크숍에 참석하는 우리의 피드백은 매우 중요한 역할을 했다. 우리가 어떤 과정을 어떻게 해나가고 있는지 공유하고 문제점이 있다면 개선을 요청하는 것. 그건 6주마다 학장, 조교, 동기 모두가 모인 자리에서 이루어졌다. 전반적인 프로그램과 각각의 워크숍에 대해 이야기하는 피드백 세션이었는데 학장 미카는 아무리 바빠도 이 세션에 빠지지 않고 꼭 참가했다. 조교들도 마찬가지였다. 모든 구성원이 6주간 있었던 워크숍과 프로그램, 각자의 연구를 돌아보는 시간을 가졌고 잘 지내고 있는지 안부도 물었다. 실제로 워크숍이 어떤 형태였다면 더 좋았겠다, A워크숍 전에 B워크숍을 했더라면 더 효율적이었을 것 같다 등의 의견을 주고받았다. 학생은 학교에서 만든 고정된 커리큘럼을 따라 수업을 듣고, 교수들이 그 모든 걸 결정하는 수직적인 형태의 교육 프로그램이 아니었다. 피드백을 통해 각각의 워크숍과 전체 프로그램이 더 좋은 방향으로 수정되고 바뀔 수 있었다. 학장 미카는 이 피드백으로 더 나은 석사과정 프로그램이 만들어지고 있다며 그렇기에 구성원 각각의 의견이 중요하다고 강조했다.

한국에서 학부를 다닐 때는 강의 평가 시스템이 있었다. 학사

포털 사이트에 접속해 수강했던 수업이 어땠는지 1점부터 5점 사이의 별점을 주고 한두 마디 정도의 의견을 쓸 수 있는 형식이었다. 수동적이고 제한적이었다. 수강생들의 의견을 듣고 더 나은 방식을 함께 고민해볼 수 있는 기회는 없었다. 이곳에서는 모두가 머리를 맞대고 고민했다. 시간은 더 걸렸지만 각자의 생각과 감정을 공유하며 상대방의 입장에서 생각해볼 수 있었다. 열린 방식이자 서로를 살피는 장치였다.

드디어
입을 열다

+

다음 워크숍은 〈편집과 스토리텔링〉이었다. 한국에서도 제법 알려진 '러프컷 서비스Rough Cut Service'의 팀원 중 한 명인 메노가 강사였다. 러프컷 서비스는 전 세계에서 손에 꼽히는 다큐멘터리영화 편집자들이 모여 만든 피드백 서비스로, 인터넷을 통해 접수된 1차 편집본, 즉 러프컷에 대해 온라인으로 피드백을 주고받는 서비스다. 소위 말하는 A급 편집자, 다수의 영화를 편집해본 경험이 있는 편집자에게 편집본을 보여주고 조언을 얻을 수 있다는 것이 장점이었다. 특히 자국 내에 다큐멘터리영화 편집을 전문으로 하는 편집자가 없는 경우라든지 경험 있는 편집자에게 피드백을 받고 싶은 경우에 유용했다. 해외 관객들을 타깃으로 하는 영화라면 외국인 편집자의 시선을 통해 편집본을 볼 수 있었다. 피드백을 온라인으로 두 번 받을 수 있게 되어 있는데 첫 피드백을 받은 후 의뢰자가 재편집해서 보내면 그걸 보고 스카이프 화상 통화를 하며 편집에 대해 또 한번 논의하는 방식이었다. 매력적인 건 비용이었다. 실제로 이들을 편집자 삼아 함께 일하려면 어마어마한 예산이 필요하다. (너무나도 당연하지만) 편집에 드는 노동의 대가를 정당하고 정확하게 책정하기 때문이다. 또한 유럽 및 북미의 인건비는 아시아에 비해 상당히 높다. 게다가 이들은 편집자들 중에서도 A급이다. 아시아, 중남미, 아프리카 등에서 제작되는 다큐멘터리영화의 경우 예산 규모가 크지 않기 때문에 유럽 혹은 북미의 A급 편집자와 일하기 어렵다. 그렇기에 러프컷 서비스는 제작 국가와 예산 규모에 따라 서비스 비용을 달리 책정한다. 개발도상국은 물가가 낮고 영화제작 예산 규모가 비교적 작기 때문에 유럽 혹은 북미 기준에 따라 비용을 책정할 수 없기 때문이다. 언젠가 이 서비스를 통해 피드백을 받아보고 싶어 사이트를 뒤져보았던 적이 있는데, 거기서 봤던 편집자들 중 한 명이 진행하는 워크숍에 참석하게 된 것이다.

메노는 모두들 어떤 이유로 이 석사과정에 진학했는지 이야기해보는 것으로 수업을 시작하자고 했다. 다들 무엇이 필요해 이곳에 왔는지 돌아가며 얘기했고 어느새 내 차례가 되었다.

“네트워크요. 한국에서 영화, 글 작업을 해왔는데 작업자로서의 네트워크를 확장할 필요가 있겠다고 생각했어요.”

메노는 차갑게 되물었다.

“그럼 꼭 학교가 아니어도 되지 않나요?”

“학교가 아니어도 되지만 저같이 유럽 바깥에서 온 외국인에게는 제법 좋은 선택지가 될 수 있죠. 다음 작업을 기획하며 이곳 네트워크의 기반을 다져갈 수 있으니까요.”

그러자 그는 질문을 바꿨다.

“한국에서 왔다고 했는데 어떤 작업들을 했나요? 내가 아는 한국 다큐멘터리는 다 TV 방송 다큐멘터리였는데. 방법론보다는 소재에 집중하는. 아, 북한을 다루는 것도 많았고.”

갑자기 북한 이야기가 나오니 욱하는 마음이 들었다.

“한국 다큐멘터리 중에 다양한 포맷의 작업이 굉장히 많아요. 여기 유럽에서 한국, 아시아의 스토리텔링을 제대로 읽어내지 못한다고 생각해요. 관심도 별로 없고요. 북한 관련 다큐멘터리를 많이 봤다는 건 여기 사람들이 ‘북한’ 이슈에만 관심 있어 하니까 그런 것들을 주로 뽑아 프로그래밍했기 때문이라고 생각해요.”

평소에도 문제라고 생각했던 지점이었다. 한국 다큐멘터리는 모두들 전성기라고 할 정도로 질도 높고 제작 편수도 많아지고 있는데 정작 해외에 드물게 소개된다는 점이 아쉬웠다. 처음에는 해외 다큐멘터리는 모두 수준이 높고 한국은 그렇지 못하다고 생각했는데, 다시 생각해보면 손에 꼽는 유명하고 큰 영화제들은 모두 서구 국가에서 열린다. 영화제의 프로그래머들은 그곳에서 나고 자라거나 가까이에서 영향을 받으며 큰 사람들이니 대개 아시아와 한국에 대한 이해가 없거나 적다. 각 국가마다 영화를 만드는 법과 스토리텔링 방법, 문화적·역사적 맥락이 다른데, 프로그래머들이 그 모든 것을 숙지하고 영화를 보는 것은 불가능하다.

영화제의 영화 선정은 프로그래머들이 하는데 그 과정에는 정치·문화적 요소들도 영향을 미친다. 그러니 유럽 혹은 북미에서 북한 관련 한국 다큐멘터리영화들이 프로젝트 기획 단계에서부터 선정되고 투자받아 제작·상영되는 것은 어쩌면 당연하다. 아시아, 특히 한국에 별 관심이 없는 이들이 '코리아' 하면 바로 '노스 코리아', 북한을 떠올리기 때문이다. 북한 관련 다큐멘터리 영화들은 곧바로 제작 투자와 영화제 선정 및 개봉, 방영으로 이어지고 돈이 되는데 다른 이슈들은 글쎄, 별로 관심도 없고 이들 입장에서는 이해하기도 어렵지 않나. 결국 유럽과 북미 영화계는 영화제를 먼저 시작했다는 이유로, 영화를 먼저 제작해왔다는 이유만으로 중요한 키를 잡고 있다. 물론 영화의 역사는 유럽과 북미에서 시작되었고 이곳에서 찬란하고 유구한 역사를 만들었음을 간과할 생각은 없지만 그들이 영화 소개의 주도권을 잡고 있으면서 '왜 한국에서 만들어지는 다큐멘터리들은 죄다 북한을 다루느냐'는 말을 듣고 싶지는 않다. 메노의 질문에 흥분하여 마구 쏘아댄 말들이었다.

메노는 나의 대답에 흡족한 듯 웃었다. 그때는 잘 몰랐다. 메노는 그런 방식으로 수업을 해나가는 사람이었다. 질문을 던지고 토론을 촉발시켜 그 이슈에 대해 다시 한번 생각해보게끔 했다.

자신이 만들었던 영화에서 네 컷을 골라 오프닝 신으로 만들어 오는 것이 수업의 첫번째 과제였다. 메노는 눈을 감으라고 했다. 영화를 생각하면 가장 먼저 떠오르는 네 컷을 종이에 적으라고 했다. 그리고 그걸 순서대로 붙여서 가져오라고 했다. 말도 안 돼, 하고 생각하고 있으니 "당장은 말이 안 되고 좀 웃기겠지만 붙여보면 새로울 것"이라고 했다. 머릿속에 떠오른 건 영화 〈기억의 전쟁〉에 나오는 베트남 꽝남성 퐁니·퐁넛 마을의 당산나무, 노래를 부르는 탄 아주머니, 영화 제목, 그리고 어딘가를 향해 걸어가다 온몸으로 폭탄을 쏘는 행위를 묘사하는 농인 껌 아저씨였다. 영 이상한 편집이었다. 오프닝이라고 하기엔 말도 안 되는 구성이었고 연관성이 하나도 없었다. 반신반의하는 표정을 지으며 고개를 갸우뚱거리자 메노가 웃었다.

다음날, 우리는 각자 기존 영화의 오프닝 신과 새로 만든 오프닝 신을 가져왔다. 모두 쭈뼛쭈뼛하며 과제 영상을 틀었다. 정말 이상한 작업 방식이기 때문이었다. 보통 영화의 오프닝 신을 고민할 때는 어떤 것이 더 효과적이고 자극적일지, 어떤 것이 영화를 관객들에게 인상적으로 소개할 수 있는 방법일지 고민하는데 이 경우는 그렇지 않았다. 이 영화를 생각했을 때 곧바로 떠오르는 컷들을 붙여 오라니. 나는 황당한 표정으로 영상을 재생했다. 메노가 어떤 것 같느냐고 물었다. 너무 이상하다고, 이건 내가 해왔던 방식도 아니고 관객들이 매력적으로 여길 것 같지도 않다고 했다. 말이 술술 나왔다. 이건 내가 3년째 해온 작업이고 이 영화에 대해서는 그 누구보다 잘 알고 있다고 생각했기 때문이다. 실기는 자신 있었다. 학부 때 영화를 전공했고 영화를 제작한 경험도 있지 않은가.

발표를 마치고 나니 다른 동기들의 과제에 피드백하는 것도 어렵지 않았다. 한 사람의 관객으로서 내가 어떻게 느꼈는지 이야기하고, 다른 편집 방향이 있지는 않을지 의견을 내는 일이 너무나도 즐거웠다. 용기를 내어 손을 들었다. 피드백을 주고받을 때 토론을 이어가는 동기들 사이를 자연스럽게 끼어드는 것이 여간 어렵지 않았다. 비집고 들어가기 위해서는 손을 들어야 내 차례, 나의 자리를 만들어낼 수 있었다. 나는 과제물을 어떻게 봤는지 이야기했다. 이번 학기, 아니 네덜란드 필름아카데미 석사과정에 입학한 이래 처음 자발적으로 의견을 이야기한 순간이었다. 매일같이 자전거를 타고 학교를 오가며 '오늘은 꼭 토론에 참여해야지' '내일은 꼭 입을 열어야지' 하며 자책하고 결의를 북돋아왔다. 오늘이 바로 그

날이었던 것이다. 말을 마치고 미소를 지었다. 다른 동기들은 모르는 듯했다. 내가 처음 능동적으로 토론에 참여한 것이 바로 지금이라는 걸. 자신감이 붙자 말도 확 늘었다. 영어로 말하고 의견을 주고받는 것에 거리낌이 없어졌다. 영어 실력은 다른 이들과 비교하면 어휘도, 문법도, 발음도 한참 부족하지만 나의 피드백은 나 '이길보라'만이 줄 수 있었다. 아시아, 한국에서 자라 작업 경험을 쌓아온 나만이 줄 수 있는 의견과 코멘트. 그것이 유용한지 아닌지는 상대방이 결정할 몫이었다. 물론 나의 의견이 토론을 유용하고 효과적인 방향으로 끌고 가는지 역시 고민해야 하지만 말이다. 상대방을 너무 배려하다가 아무 말도 하지 못한 채 하루를 끝내는 것보다 때로는 네덜란드 사람들처럼 직접적이고 직설적인 태도가 필요할 때도 있었다.

말라이나의 생일 파티

+

다큐멘터리 감독이자 비주얼 아티스트인 동기 말라이나는 레즈비언이다. 그걸 알기 전, 실수를 한번 했다. 학기 초의 보트 트립에서였다. 말라이나는 만나는 사람이 있느냐고 물었고 나는 고개를 끄덕였다.

"응, 일본 사람이고 영화 배급사에서 일해. 너는? 남자친구 있어?"

"그러기도 하고 아니기도 한데. 여자친구가 있어."

아차, 한국어로는 '여자친구 혹은 남자친구 있느냐'가 아닌 '애인 있어요?'라고 묻곤 했지만 영어로는 어떻게 물어야 하는지 고민해보지 않았던 것이다. 아…… 당황해하다 화제를 돌려 어떤 사람인지 물었다.

"같이 산 지 오래됐어. 한 10년쯤 됐고. 그래픽 디자이너야. 아는 사람이 작업한 영상에서 처음 봤어. 내가 먼저 발견했지."

말라이나는 외국의 석사과정에 진학하지 않은 이유가 애인 때문이라고 했다.

"여자친구가 여기 살기도 하고. 석사과정은 하고 싶은데 내 생활과 작업 기반을 바꾸고 싶지는 않았어. 하던 작업을 계속하면서 공부를 할 수 있는 곳이 어딜까 고민했지."

말라이나는 로테르담에 오래 살다 최근 델프트로 이사했다며 아담하고 조용한 도시니 언젠가 꼭 놀러오라고 덧붙였다. 내 얼굴은 여전히 새빨갰다. 당황하지 않으려 했지만 창피했다. 동기들 중 말라이나와 가장 친해지고 싶었는데.

그러던 어느 날, 말라이나가 생일 파티에 초대한다는 메시지를 보냈다. 장소는 델프트였다. 도자기로도 유명한 델프트는 한 번도 가본 적이 없었다. 조지아, 야핏과 함께 델프트로 향했다.

오늘의 생일 파티 장소는 말라이나의 집 근처 볼링장이었다. 볼링장이라니. 눈을 동그랗게 뜨고 파티를 볼링장에서 하는 것이 이곳 문화냐고 물었다. 야핏과 조지아는 뭐, 그건 아닐 텐데 파티 주최자가 원하면 그럴 수도 있지, 라며 대수롭지 않게 대답했다. 파티에 초대받은 이들이 하나둘씩 볼링장에 들어섰다. 그제야 말라이나가 왜 이곳을 파티 장소로 정했는지 알 수 있었다. 흰머리 희끗한 선생님뻘부터 말라이나와 내 나이대, 어린아이까지 정말 다양한 사람들이 모였다.

"다 같이 모여서 뭘 하면 좋을까 고민했는데 서로 잘 모르기도 하니 팀을 나눠서 볼링 치며 이야기 나누면 재밌지 않을까 생각했어. 괜찮은 생각이지?"

말라이나는 웃으며 말했다. 말이 끝나자마자 옆에 있던 여자친구를 불렀다.

"이 사람이 내 여자친구. 이쪽은 나랑 같이 공부하는 보라, 야핏, 조지아야."

말라이나의 여자친구는 파티에 초대받은 모두와 친했다. 우리는 말라이나의 지인들 중에 '이제 막 새로 생긴 친구들'에 속했기 때문에 다소 쭈뼛쭈뼛해하며 볼링을 쳤다. 나는 어색한데다가 볼링도 할 줄 몰라 잔뜩 긴장했다. 내 실력이 형편없는데 두 팀으로 나뉘어 대결하자니 어쩐지 잘해야 한다는 기분도 들었다. 그러나 막상 경기가 시작되자 볼링을 잘하고 말고는 중요한 것이 아니라는 걸 깨달았다. 볼링을 치면서 이야기를 나누는 게 더 중요했다. 가만 보니 야핏도, 조지아도 그닥 잘 치는 편이 아니었다. 다른 이들도 고만고만했다.

파티에는 엄마를 따라온 아이도 한 명 있었다. 아이를 위해서는 가벼운 볼링공이 준비되었다. 그 아이가 우리 팀이 되었는데, 공을 던지는 힘이 부족한지 공이 자꾸 거터로 떨어져 파울이 되었다. 매번 시무룩한 표정으로 돌아오는 아이에게 격려의 말을 어떻게 건네면 좋을까 고민하고 있는데 아이가 공을 던질 차례가 되자 레인 위에 새로운 장치가 놓였다. 던진 공이 거터로 떨어지지 않게 해주는 것이었다. 소녀가 던진 공은 데굴데굴 굴러 정확하게 핀에 맞았다. 그러자 내 점수보다 훨씬 높아졌다. 아이의 얼굴이 활짝 폈다.

파티에 처음 초대받았을 때는 당연히 우리 나이 또래의 친구들만 온다고 생각했다. 그런데 말라이나의 학부 시절 교수님, 로테르담과 델프트에 사는 나이도 성별도 하는 일도 모두 다른 친구들, 이웃 주민, 암스테르담에서 온 석사과정 친구인 우리들까지 각양각색의 사람들로 가득했다. 이 파티에 온 모두가 말라이나와 여자친구가 오랫동안 관계를 유지하며 살아왔다는 것을 잘 알고 있었다. 그의 삶은 지극히 정상이었다. 아니, 정상과 비정상의 경계를 나눌 필요 없이 그냥 그대로 존재했다.

볼링을 치고 난 후 말라이나의 집에서 수제 당근 케이크를 나눠 먹었다. 이 작은 일상이 너무나도 아름답고 소중하게 여겨졌다. 자신의 성 정체성을 자연스럽게 이야기할 수 있고 지인 모두가 그걸 받아들이는 일. 그렇게 함께 살아가는 것이 지극히 평범한 일상이 되는 이 풍경.

밤이 늦어 야핏의 차를 타고 암스테르담으로 향했다. 지난번 야핏이 자기소개를 할 때 이번 석사과정이 자신의 첫번째 석사 학위가 아니라고 한 것이 기억났다. 예술학교에서 학부를 졸업하고 디자인, 문학 및 철학과에서 석사과정을 이수했다고 했다. 왜 또 석사과정을 하는지 물었다.

"나는 비디오아트와 그래픽디자인을 했어. 오랫동안 클럽이랑 반 고흐 뮤지엄 등에서 주최하는 이벤트에서 VJ로 일했고. 그러다 보니 영화를 만들고 싶더라고. 나는 더 배우고 싶고 알고 싶은 게 많은데 석사과정을 하면 도움이 되니까. 그래서 여기서 석사를 하기로 한 거야."

나는 물었다.

"그럼 왜 박사는 안 해? 보통 한국에서는 학사 하고 석사, 바로 박사 하는 게 일반적인데."

"박사를 하게 되면 어떤 분야를 집중해서 연구해야 하는데 나는 석사과정에서 하는 좀더 폭넓은 공부 방식이 좋아. 그래서 석사과정을 또 하기로 한 거야. 별다른 이유는 없어."

'일반적으로'라는 표현을 쓴 것이 부끄러웠다. 무엇이 일반적이고 일반적이지 않은 걸까. 예술 작업을 해왔던 그는 영화를 만들고 공부하고 싶다고 생각했고 그걸 위해 이곳에 온 것이다. 그게 이유였다. 그래, 이게 진정한 배움이지. 그렇게 할 수 있는 이유도 명확했다. 학비가 비싸지 않기 때문이다. 네덜란드는 학비가 거의 없는 프랑스와 독일에 비하면 제법 학비가 드는 축에 속하지만 한국, 미국, 영국 등과 비교하면 저렴한 수준이다. 네덜란드의 학생들은 학교를 다니며 아르바이트를 해 학비와 생활비를 마련한다고 한다. 야핏을 비롯한 다른 동기들도 얼마간 모아둔 저축과 학기중 아르바이트, 방학 동안의 계절 아르바이트를 통해 학업을 이어가고 있었다. 다른 이들이 간 길을 무작정 따라가는 것이 아니라, 자신에게 지금 꼭 필요한 걸 선택하고 직접 해보고 책임지는 사람들이 내 옆에 있었다.

배움이란
꿈을 꾸는 것이다

+

악몽을 꿨다. 중학교에서 시험을 치르는 꿈이었다. 며칠에 걸쳐 시험을 보는데, 수학과 과학 시험을 치르다 그만 잠들어버린 것이다. 수학의 경우 겨우 한 문제를 풀고 답안지에 마킹을 했고, 과학 시험은 빈 답안지를 내야 했다. 선생님은 깜짝 놀라 어서 한 문제라도 풀라며 시간을 더 주었다. 나는 다른 학생들이 답안지를 제출하는 것을 곁눈질로 쳐다보며 다급히 문제를 풀었다. 땀이 삐질삐질 흘렀다.

중고등학교 시절로 돌아가 객관식 시험을 치르고, 1학년을 다니고 그만두었던 고등학교에 복학하는 꿈은 자주 꾸는 악몽 중 하나다. 야심차게 학교를 자퇴했어도, 졸업한 지 십여 년이 지났어도,

지구 반대편의 네덜란드에서 살고 있어도 그 꿈들은 여전히 나를 괴롭힌다.

네덜란드 영화학교에서의 첫 학기가 끝났다. 기말 발표를 했고, 그에 따른 연구 자료들을 제출하고 면접을 봤다. 결과는 패스. 학점이 없는 구조다. 대신 항목별로 어떤 것이 뛰어났고, 어떤 부분은 합당했으며 어떤 부분은 납득되지 않았는지 자세히 적힌 리포트를 받는다. 따로 점수는 매기지 않는다. 각자 자신만의 속도로 연구를 해나가는 것이 중요하기 때문에 다른 이들과 비교하지 않는 것이다. 또한 학기중 워크숍이 끝나면 강사로부터 '학점'이 아닌 정성스러운 피드백 메일을 받는다. 그 안에는 수업 시간에 했던 토론과 해왔던 과제들에 대한 강사의 의견이 촘촘히 담겨 있다.

기말고사도 마찬가지다. 평가 위원들은 내가 제출한 자료와 발표를 들여다보고 그에 따른 의견을 정리해 질문을 준비한다. 우열을 분별하기 위한 것이 아니라 다른 이의 관점에서 봤을 때 연구에 도움이 될 수 있는 정보를 주는 것이고, 석사과정 연구원으로 하여금 다른 관점에서 생각해보도록 이끄는 열린 질문이다. 시험 이후 이어지는 면접은 혼자 보지 않는다. 나의 연구 과정을 지속적으로 지켜봤던 멘토가 함께한다. 그는 면접에서 나 대신 답하거나 의견을 제시할 수는 없지만 그 과정을 주의깊게 지켜본다. 이후 내가 나가 있는 동안 그는 내가 면접에서 한 말들을 방어하거나 추가하고 면접관의 의견을 듣는다. 담당한 멘티가 면접에서 이해하지 못하거나 보지 못하는 것들을 옆에서 지켜보고 그에 맞는 멘토링을 해나갈 수 있도록 하는 장치인 것이다. 마지막으로 시험 평가 위원들은 연구원을 불러 사려 깊은 격려와 함께 꼭 필요한 피드백을 주며 첫 학기 통과 여부를 알린다. 연구원 역시 그들에게 질문할 수 있고 피드백도 줄 수 있다. 미달하는 경우, 한번 더 시험을 치를 기회가 주어진다. 몇 주 후, 시험 평가 위원회로부터 기말고사와 관련된 피드백 메일을 받는다. 이것이 영화학교에서 치른 첫 학기 시험이다.

학부 시절을 되돌아보면 매일같이 캠퍼스를 뛰어다녔던 기억이 가장 먼저 떠오른다. 그나마 한국 사회에서 자유로운 축에 속하는 예술학교였고, 상대평가가 아닌 절대평가 원칙으로 학점이 매겨지는 학교였다. 그러나 대부분의 수업에서 중요한 것은 출석률이었다. 학점을 매길 때 가장 쉽고 객관적인 지표가 될 수 있기 때문이다. 학점은 크게 중요하지 않았지만 성적 장학금은 필요했다. 그래서 나는 수업에 지각하지 않으려 매일같이 캠퍼스를 뛰어다녔다. 설령 정말 가고 싶지 않은 수업이었음에도 말이다. 유쾌하지 않은 기억은 자연스럽게 악몽으로 남았다.

배움이란 꿈을 꾸는 일이라는 걸 여기에서 알게 됐다. 앞으로의 날들에는 악몽을 덜 꾸기를 바란다. 대신 배움과 학습에 대한 즐거운 기억들이 자리하기를 바란다. 나를 포함한 더 많은 이들이 배움에 대한 설레는 꿈을 꿀 수 있기를 진심으로 바란다.

무지갯빛
박수 소리

+

7월 말의 암스테르담은 어딜 가나 무지개로 가득하다. 거리 곳곳에는 레인보우 깃발이 걸리고 네덜란드 주택 특유의 길다란 창문에도 무지갯빛 소품이 진열된다. 네덜란드에는 창가를 꾸미는 문화가 있다. 돈이 들어온다는 의미를 가진, 팔을 끊임없이 움직이는 일본 고양이 모형에서부터 각종 애니메이션의 피규어란 피규어는 모두 모아 진열한 오타쿠가 사는 집의 창가, 크고 작은 화초들이 무럭무럭 자라는 화초 마니아의 초록 창가, 창가에 따로 진열하진 않았지만 커튼을 활짝 열어놓아 깔끔한 실내 인테리어가 훤히 보여 그 자체로 정갈함을 자랑하는 창가, 창가에 고양이가 앉아 있어 그 모습만으로 모든 창가 장식을 단번에 제압하는, 보는 사람으로 하여금

'나만 고양이 없어'라고 생각하게 만드는 창가까지.

프라이드 암스테르담 축제 시기가 되면 암스테르담 시내에 위치한 제법 큰 쇼핑가들도 형형색색의 무지개 색깔로 디스플레이를 한다. 가게 로고를 무지갯빛으로 채운다거나 상점 윈도 전체를 무지개 패턴으로 장식한다. '아니, 이렇게 하면 동성애 혐오하는 사람들이 물건 사겠어?' 하는 생각이 절로 드는데 이곳에서는 '무지개'가 돈이 된다. 실제로 축제 기간에 암스테르담을 찾는 이들은 35만 명으로 추산되는데 암스테르담 인구가 84만 명(2017년 기준)이니 전체 인구 절반이 거리로 뛰쳐나온 정도라고 보면 된다. 따라서 축제 기간에 암스테르담의 숙박 시설은 동이 나고 무지갯빛으로 디스플레이를 한 상점의 물건은 불티나게 팔린다. 전 세계에서 손꼽히는 퀴어 축제인 프라이드 암스테르담이 열리는 도시 전체는 어딜 가나 축제 분위기가 된다. 그도 그럴 것이 네덜란드는 세계 최초로 동성 결혼을 합법화한 나라다. 게이들의 천국인 이곳에서 '퀴어'는 너무나도 당연한 것인 셈이다.

축제는 무려 일주일이 넘게 열린다. 암스테르담뿐만 아니라 네덜란드 전역에서 크고 작은 행사가 열리고, 해안을 끼고 있는 도시 하를럼에서는 시내에서부터 바다까지 행진하는 퍼레이드가 열린다. 도대체 이 사람들은 일 안 하고 여기서 뭐하나, 하는 생각이 들 정도로 수많은 무지갯빛 배들이 암스테르담의 운하와 운하 사이를 휘젓는다. 사람들은 자기가 입고 싶은 옷을 입고 음악에 맞춰 춤을 추고 술을 마시고 노래를 부르며 대마초를 피운다. 아, 네덜란드는 대마초가 합법인 나라다.

행사장에 도착하니 많은 사람들이 춤을 추고 있었다. 인파를 뚫고 무대 앞에 도착하자 무대 위에 서서 무언가를 통역하는 이가 보였다. 수어통역사였다. 가수는 마이크를 잡고 노래를 부르고 근육질의 백댄서들이 그에 맞춰 춤을 추는데 나의 시선은 오로지 통역사에게 꽂혔다. 그도 마치 공연의 한 요소 같았다. 검은 바지에 하얀 반팔 셔츠, 나비넥타이에 귀여운 턱수염까지. 통역사가 단순히 언어를 치환하는 역할만 하는 것이 아니라, 옷차림과 장신구를 활용해 현장의 분위기를 시각적으로 전달하는 역할을 한다는 걸 다시금 생각하게 했다.

언젠가 노르웨이 방송국에서 힙합 무대 영상을 통역하는 수어통역사들을 본 적이 있다. 노래 내용과 분위기에 맞게 리듬을 타며 수어를 하고, 그에 맞게 '스웨그'가 넘치는 표정을 짓고, 마치 무대에 서 있는 사람 중 한 명이라고 해도 믿을 정도로 힙합 정신이 넘치는 옷을 입은 여성 통역사들의 모습이 신선했다. 무엇보다 흥미로웠던 건 그들의 나이대와 그들이 찬 장신구였다. 세 명의 여성 통역사는 오십대 정도로 보였는데 그 나이의 여성들이 현역에서 방송 통역을, 그것도 힙합을 통역한다는 것이 놀라웠다. 또 모두

복장에 어울리는 큰 귀걸이를 하고 있었는데 그 크기가 보통 큰 것이 아니었다. 어떤 이는 어깨까지 주렁주렁 내려오는 빨간색 귀걸이를 하고 있었고, 다른 통역사는 초록색 에메랄드빛의 큰 귀걸이를 차고 있었다. 문화 충격 그 자체였다. 우리나라의 통역사들은 어딜 가나 검은색 정장 차림이었다. 여성들은 검은색 원피스를 자주 입었다. 이후 다양한 상황에서 통역사들을 만나면서 꼭 저 복장만 고집해야 하는 것인지 의문스러웠다. 캐주얼한 분위기에서 통역하는 거라면 더 편하게 입어도 되지 않을까. 통역 현장의 분위기에 맞는 옷차림을 해도 괜찮지 않을까. 그러나 그렇게 하지 않으면 공식석상의 예의에 어긋난다거나 혹은 통역사로서의 자질이 떨어져 보인다는 농인들의 의견 역시 존재했다. 업무를 수행하고 있으니 너무 지나쳐서는 안 되겠지만 상황에 맞는 적절한 옷차림을 허용하는 것이 오히려 의사 전달이라는 수어통역의 근본 취지에 맞지 않을까.

프라이드 암스테르담 축제에서 쓰이는 수어는 한국 수어와는 달라 알아들을 수 없었지만 표현력이 풍부해 눈에 쏙쏙 들어왔다. 무대와도 잘 어울리는 통역이었다. 가수가 무대에 나오자마자 통역사를 보고 "이 사람 뭐지? 우리 공연 팀 아닌데? 누구세요?" 하고 물을 정도였다. 모두가 그를 쳐다봤지만 그는 대답 없이 가수의 말을 수어로 통역했다. 게다가 전문적이기까지. 통역사로서 무대에 섰지만 자신의 역할은 무대 주인공이 되는 것이 아니라 무대 위에서 일어나는 일을 하나도 빠짐없이 수어로 통역하는 것임을 정확하게 인지하고 있었다. 가수는 이렇게 말했다.

"게이 프라이드는 우리 모두의 것이죠. 저 손을 돌려 만드는 박수 정말 멋지네요. 여기서는 우리 손뼉을 치는 박수가 아니라 이렇게 박수 칩시다!"

말이 끝나기도 전에 행사장에 있던 모든 이들이 손을 뻗어 '반짝이는 박수 소리' 갈채를 보냈다. 수많은 손들이 한 치의 어색함도 두려움도 없이 공중에 올랐다. 꿈같았다. 수어가 소수만을 위한 것이 아닌, 모두의 것이 된 순간이. 공연 내내 사람들은 손바닥을 부딪치는 대신 손을 돌려 반짝이는 박수 소리를 만들었다. 각자의 다양성과 고유함이 보존된 우리 모두의 축제였다.

나만의 방법을 찾는 여정

+

네덜란드 필름아카데미에서의 9개월이 지났다. 두번째 학기를 마무리하는 발표를 앞두고 있는데 불과 지난주까지 '예술적 연구'가 정확히 무엇인지 알 수 없어 혼란스러웠다. 1학기에는 이곳에서의 생활에 적응하며 나의 주관성을 찾느라 헤맸고, 이번 학기에는 나만의 새로운 방법론을 찾으려 애썼다. 발표가 끝나자 지도교수가 물었다.

"오래된 방법론을 버리고 싶어 이곳에 왔다고 했는데 무엇이 오래된 것이고 새로운 것이죠? 오래된 것은 나쁜 건가요?"

교수들은 학기 내내 내가 사용해온 단어들을 하나씩 짚었다. 왜 새로운 것을 찾아야만 하는지 물었다. 무의식적으로 나는 내가 여태껏 해왔던 작업이 그저 나의 경험에 기반을 둔 작고 사소한 것이며, 예술적이지 않고 구시대적인 것이라고 생각하고 있었다. 교수는 덧붙였다.

"그럼 예술가는 무엇을 하는 사람이죠? 누가 예술가인가요? 보라가 한국 사회에서 말하지 않은 것들을 말해왔고, 여성이자 농인 부모 아래서 자란 사람의 시각으로 글을 쓰고 영화를 만든 것이 '예술' 아닌가요?"

교수는 예술이 무엇인지를 물으며 그렇다면 '연구 주제'와 '프로젝트'는 어떤 연관성을 가지고 있는지에 대한 논의를 시작했다. 각자가 가진 연구 주제 혹은 연구 질문과, 진행하고 있거나 계획하고 있는 프로젝트는 서로 어떤 위치에 있으며 어떤 영향을 미치고 있는지에 대해서 말이다.

동기들이 돌아가며 자신이 현재까지 어떤 식으로 연구 질문을 발전시켜왔고 어떤 프로젝트를 기획하고 진행하고 있는지 공유했다. 발표 마지막에는 발표자의 질문을 준비해야 했다. 그래야 발표를 들은 이들이 그것을 바탕으로 발표자에게 유용한 피드백을 줄 수 있었다. 내 차례가 되었다.

"소재에 접근할 때 이제껏 해왔던 방식을 바꾸고 다르게 표현해보고 싶어 여기 석사과정에 온 건데, 사실 지난 9개월간 뭔가 정말 다른 걸 시도했다거나 크게 변화한 건 없어요. 사람은 쉽게 변하지 않는다던데 어쩌면 습관을 바꾸는 건 불가능할지도 모르겠다는 생각을 하고 있어요."

그러자 교수가 말했다.

"습관을 바꾸는 건 쉽지 않죠. 그런데 꼭 습관을 버리고 뜯어고쳐야만 할까요? 훌륭한 습관이 있다면 그걸 활용하는 방법은 없을까요? 자신이 기존에 해왔던 방식과 방법론에는 분명히 장점이 존재해요. 그걸 취해서 관점을 바꿔 다르게 접근하면 또다른 방법론을 만들어낼 수 있어요. 왜 자기가 가지고 있는 기술과 방법론을 그냥 버리려고 하는 거죠?"

그는 내가 해온 이전 작업을 잘 들여다보라고 했다. 나는 그 작업이 이미 끝났다고 생각했다. 이미 책으로 출간되고 영화로 만들어졌으니 그건 '성과물'과 '결과물'이 되어 마침표를 찍은 거라고, 그러니 새로운 프로젝트와 작업을 해야 한다고 생각했다. 그런데 교수는 예술적 연구에서 중요한 것은 '결과'가 아니라 '과정'이라고 했다. 당신이 제일 관심 있는 건 나의 결과물이 아니라 그걸 어떤 고민으로부터 시작했고 어떤 시행착오를 거쳐 만들었는지에 대한 과정이라고 말이다.

나의 발자취를 되돌아보고 그것을 관통하는 주제가 무엇인지 들여다보기. 그는 어쩌면 그 주제가 나에게는 '침묵'일 수 있다고 했다. 내가 농인 부모한테서 태어나 침묵의 언어를 배우고 그사이의 행간을 읽으며 자라왔기 때문에, 한국 사회에서 통용되어온 비장애 남성 중심의 세계로부터 밀려나 있는 것들에 관심을 가질 수밖에 없었고 그걸 작업으로 연결시켰다는 것이다.

"보라가 가지고 있는 침묵의 언어가 여태껏 기억의 중심에 서지 못했던 것들을 새롭게 읽어내고 시각화하는 도구가 될 수 있을 거예요. 자기만의 방법론을 찾기, 그것이 이 석사과정에서 해나갈 예술적 연구가 될 거예요. 프로젝트가 시행착오를 거쳐 자신만의 방법론을 찾아가는 여정이 되겠죠."

2학기의 중심 테마는 방법론이었다. 각자의 연구 방법론을 되돌아보고, 다른 이들은 어떤 방법론으로 연구 및 프로젝트를 발전시키고 있는지 살펴본 후 자신에게 맞는 방향을 설정하는 것. 나는 그동안 관심 있는 소재를 관찰형 다큐멘터리 형식으로 담아왔다. 그 방식이 아닌 다른 방법론을 찾고 싶었다. 그때 독일의 한 은행에서 한국 평창동계올림픽을 축하하기 위해 만든 이벤트 영상을 보게 되었다. 국민체조를 하는 영상이었다. 독일인으로 보이는 한 남자가 어설프게 한국의 국민체조를 따라 하고 있었다. 내 몸은 그 동작들을 정확하게 기억하고 있었다. 저멀리 네덜란드에 있어도, 아무리 오래되었어도 말이다.

무얼 하고 싶은지는 정확히 모르겠지만 일단 국민체조 하는 내 모습을 찍었다. 배경은 최대한 네덜란드다워야 했다. 한국과는 사뭇 다른 이국적인 풍경, 큰 배가 떠 있는 운하를 배경으로 국민체조를 처음부터 끝까지 했다. 촬영을 돕는 파트너는 이게 무슨 의미가 있는지 물었지만 논리적으로 대답할 수 없었다. 그냥 몸이 시키는 대로, 재밌게 하고 싶었다. 집으로 돌아와 그 영상에 한국의 60~70년대 아카이브 영상을 교차 편집했다. 살펴보니 국민체조는 일제강점기 때부터 전쟁을 위한 건강한 몸을 만들기 위해 시작되었고 이후 박정희 정권이 경제 발전을 위해 '산업 역군'을 육성하기 위한 용도로 계속해서 수정 및 발전되었다고 했다. 국가가 관리하는 몸의 역사에 내가 있다는 걸 알게 됐다. 국기에 대한 경례와 가슴에 손을 얹는 손동작도 그 일환이었기에 함께 찍었다. 아카이브와 퍼포먼스 영상을 담은 시도는 처음이었다. 진지한 것보다는 재밌고 가벼운 걸 하고 싶다고 노래를 불렀는데 드디어 보라가 어깨에 힘을 빼고 여러 방법들을 실험해본다며 동기들이 박수를 쳤다. 내가 나오는 장면을 직접 보며 편집하는 것은 괴로웠지만 재밌는 시도였다. 그렇게 새로운 것들을 시도하며 나만의 방법론을 찾아나갔다.

엄마와 아빠,
네덜란드에 오다

+

크리스마스 연휴를 맞아 푹 쉬던 중이었다. 한국에 있는 가족들이 무척 그리웠다. 그래서 다소 즉흥적으로 돌아오는 여름에 함께 여행하자고 제안했고 호기롭게 2주 일정으로 항공권을 예약했다.

호주 멜버른에서 워킹홀리데이를 하던 동생 광희가 네덜란드로 날아왔다. 동생에게 보여줄 것도, 하고 싶은 말도 많았다. 암스테르담에서 내가 좋아하는 공원, 카페, 펍을 소개했고 광희는 호주의 여러 카페를 다니며 맛본 원두를 사왔다. 바리스타 동생과 함께 사니 그런 점이 좋았다. 온갖 맛있는 카페의 원두와 디저트 메뉴를 멀리까지 가지 않고 집에서 맛볼 수 있다는 점 말이다. 무엇보다 세상에서 나를 가장 잘 이해하는 사람이 옆에 있다는 건 너무나 든든했다. 아직 2학기 일정과 영화 〈기억의 전쟁〉 편집 일정이 끝나지 않아 몸과 마음은 바빴지만, 툭 터놓고 이야기할 수 있는 동생이 옆에 있어 힘이 났다. 더불어 광희는 호주에서 홀로 자취를 하며 그간 요리 실력을 연마해온 터였다. 깜짝 놀랄 정도였다. 나와 함께 서울에서 살 때는 왜 이렇지 않았느냐며 아쉬움을 토로했다. 나 역시 네덜란드에서 영화 유학이 아니라 요리 유학을 하고 있는 것인지 의심스러울 정도로 요리를 해댔는데 광희 역시 그랬던 것이다. 파트너와 광희, 그리고 나까지 셋이 함께 있으니 밥을 혼자 먹지 않아도 되었다. 돌아가면서 요리하고 설거지하고 청소했다. 셋이서 함께 지내는 것은 정말이지 안정감 있고 즐거웠다.

+ 여기서는 아무렇지 않은 일이야

엄마, 아빠는 60만 원어치의 한국 음식을 들고 날아왔다. 정말이지 대단했다. 젓갈, 냉면, 순대, 쫄면 등 여기서 구하기 어려운 음식들이 먹고 싶다고 하자 손이 큰 엄마가 카트가 넘치도록 장을 보고, 아빠가 그걸 캐리어와 박스에 차곡차곡 넣어 온갖 한국 식재료를 공수해왔다. 세관에 걸리지 않은 게 다행이었다. 10개월 만에 만난 엄마와 아빠는 여전했다. 엄마는 비행기를 타고 열 시간을 날아오면 이렇게 다른 세상이 있다며 신기해했고 아빠는 연신 카메라를 꺼내 동영상을 찍었다. 엄마, 아빠의 첫 유럽 여행이었다.

한국에서 부모님이 오신다고 하자 동기 야핏이 우리를 저녁식사에 초대했다. 동기들 중 시간 되는 이들은 누구나 환영이었다. 각자 음식을 준비하고, 그에 얽힌 이야기도 나누는 포틀럭 파티였다. 편집 일정으로 바빠 엄마에게 대신 요리를 해달라고 하자 엄마가 잡채와 야채전을 준비했다.

야핏의 아파트는 학교 근처의 조용한 주택가에 있었다. 야핏의 초대로 두어 번 가본 적이 있었는데 작은 정원이 있는 넓고 깨끗한 아파트였다. 집 앞에서 말라이나와 그의 여자친구를 만났다. 말라이나는 영화 〈반짝이는 박수 소리〉에서 부모님을 본 적이 있어 마치 아는 사람을 만난 것 같다며 웃었다. 말라이나의 여자친구는 엄마, 아빠가 농인인 걸 모르는 듯했다. 그는 음성언어로 인사하며 엄마에게 악수를 건넸다. 나는 엄마에게 수어로 통역을 했다. 그러자 그는 바로 상황을 파악하고는 내게 '안녕하세요'라는 수어를 어떻게 하는지 물었다. 감수성이 있는 사람이었다.

"여기는 내 친구 말라이나, 그리고 여기는 여자친구."

엄마와 아빠는 고개를 끄덕였다. '여자친구'라는 뜻을 제대로 이해하지 못한 듯했다. 글자 그대로 성별이 여자인 친구라고 받아들인 눈치였다.

창문 사이로 우리의 대화를 들었는지 앞치마를 두른 야핏이 밖으로 나왔다. 야핏 역시 영화에서 봤다며 반갑게 엄마, 아빠와 인사했다.

"엄마, 여기는 내 친구 야핏이야."

엄마는 약간 당황스러워하더니 이내 표정을 숨기고 인사를 했다. 아빠도 그랬다. 인사를 마치고 집에 들어가는데 엄마가 작은 손짓으로 "나이가 많아 보이는데 친구?" 하고 속삭였다.

"엄마, 여기서는 나이 상관없이 다 친구야. 이상할 거 하나도 없어."

나는 그런 예의 없는 말 하지 말라며 더 말하려던 엄마의 손을 잡아 멈췄다.

저녁식사는 야핏이 준비한 이스라엘식 채식 요리였다. 빵과 후무스, 매운 소스들이 있었고 토마토수프가 준비되어 있었다. 엄마는 이게 다 무슨 음식이냐며 눈을 휘둥그레 떴다. 호기심 많은 엄마는 이것저것 먹어보며 "이스라엘 음식은 이렇구나" "어떻게 만들지?" 하며 흥미로워했다. 호기심이라면 아빠를 빼놓을 수 없지만 음식에 있어서는 꽝이었다. 궁금한 마음은 가득하나 도저히 먹을 수 없다며 엄마가 준비한 잡채와 전을 안주 삼아 소주를 들이키며 한국 음식이 최고라고 연신 엄지를 치켜세웠던 것이다. 각자 가져온 음식을 상에 차리자, 미카가 도착했다. 야핏이 초대한 것이었다. 석사과정 학장이라고 소개하자 엄마와 아빠는 깜짝 놀라 자리에서 일어나 고개 숙여 인사했다. 엄마가 또 손으로 작게 말했다.

"학장이 왜 여기에……?"

나는 누가 볼세라 두 손을 작게 움직였다. 손등을 위로 향하게 두고 곧게 편 두 손을 위아래로 엇갈리게 움직이는 수어, '차이'였다. 검지와 중지를 편 오른손을 턱에 가져다 댔다. '없다'라는 뜻이었다.

"야핏이 동기들도 선생님도 다 초대했어. 여기서는 '선생님'이 아니라 '미카' 하고 이름을 불러. 위계가 없이 모두 평등해."

엄마와 아빠는 고개를 끄덕였다. 신기하다고 했다. 모두들 우리가 어떤 이야기를 하고 있는지 궁금해했다. 그래서 이 자리의 문화적인 차이들이 엄마, 아빠에게는 굉장히 생경한 것이라고 설명했다. 동기들과 미카가 신기하다는 표정을 지었다.

"마치 보라가 여기 처음 왔을 때, 그 느낌이겠네요?"

미카가 말했다. 맞는 말이었다. 엄마와 아빠는 정확하게 1년 전, 내가 네덜란드에 도착했을 때의 그 모습이었다. 모든 것이 낯설고 신기했던 그때의 얼굴. 여전히 암스테르담에서의 생활은 도전의 연속이지만 엄마와 아빠의 휘둥그레진 표정을 보니 새삼 시간이 흘러 나도 이곳 생활에 익숙해졌구나 싶었다.

집으로 돌아가는 길에 엄마에게 말라이나의 여자친구를 기억하느냐고 물었다. 엄마가 고개를 끄덕였다.

"그냥 친구가 아니라 애인이야. 파트너. 둘이 그렇게 아주 오래 살았어. 서로 사랑하는 사이야."

엄마는 깜짝 놀라며 걸음을 멈췄다.

"엄마, 여기서는 그게 아무렇지도 않아. 결혼도 할 수 있고 파트너도 될 수 있어. 법적으로 똑같아."

엄마는 고개를 끄덕였다. 한국으로부터 비행기로 불과 열 시간 떨어진 곳이었다.

극한의 가족 여행

+

가족 여행은 암스테르담에서 출발해 독일의 마인츠를 거쳐 스위스의 베른과 제네바를 지나 스위스와 프랑스 국경의 한 마을에서 며칠을 머물고, 프랑스 남부 도시, 파리, 벨기에 겐트를 지나 암스테르담으로 되돌아올 계획이었다. 총 9일간의 렌터카 여행이었는데 기간에 비해 꽤 긴 거리를 주행하는 일정이었다. 다섯 명의 취향을 모두 충족하기 위해서였다. 유럽에 왔으니 엄마, 아빠를 위해 남들 다 아는 유명한 도시에 가는 일정을 넣어야 했고, 조용한 시골 마을을 좋아하는 파트너와 동생을 위해서는 프랑스 남부에 가야 했다. 나야 뭐 시끄럽고 복잡한 곳이 아니면 좋았다. 엄마와 아빠는 줄기차게 최대한 많은 국가를 가면 좋겠다고 주장했다. 나와 동생,

파트너는 관광지만을 짧게 둘러보고 빠지는 여행을 선호하지 않았다. 우리는 시작부터 삐걱거렸다.

일단 운전을 한 사람이 한다는 것 자체가 큰 실수였다. 이틀에 걸쳐 독일과 스위스를 지나 프랑스 남부에 있는 숙소로 향해야 했는데 중간 도시에서 너무 여유롭게 시간을 보낸지라 그만 자정이 되어서야 스위스에 도착해버리고 말았다. 스위스의 산길은 말도 안 되게 꼬불꼬불한, 말 그대로 '산길'이었다. 굉장히 위험했다. 강원도 산간지방에 온 줄 알았다. 날은 무지하게 추웠고, 졸리고 피곤했다. 이틀에 걸쳐 장거리 주행을 한 파트너는 신경이 날카로운 상태였다. 나와 동생은 운전면허가 없었고, 엄마는 휴가 모드라 의지가 없었다. 아빠는 돌아가며 운전하고 싶어했지만 파트너는 자기가 하겠다며 극구 사양하여 홀로 지옥의 운전을 하게 된 것이다. 처음에 엄마와 아빠는 별다른 여권 검사 없이 국경을 넘는 것을 굉장히 신기해했다. 그런데 그것도 한두 번이지, 하루에도 몇 번씩 국경을 넘게 되자 엄마와 아빠는 창밖도 보지 않은 채 고개를 끄덕였다. 한시라도 가만히 있지 못하는 아빠는 매번 엄마와 자리를 바꾸며 괴로워했다. 입이 심심해 보라 준다고 한국에서 가져온 오징어와 쥐포를 연신 씹어댔다. 결국 엄마와 아빠는 렌터카 여행중 한국에서 가져온 음식의 삼분의 일을 해치웠다.

"아빠, 나 준다고 가져왔으면서 왜 다 먹어? 그만 먹어!"

아빠는 껄껄 웃었지만 나는 진심이었다.

밥을 해 먹을 수 있도록 주방이 딸린 에어비앤비 숙소를 예약했다. 여행 경비도 절약하고, 한국 음식을 먹고 싶어하는 엄마와 아빠를 위해서였다. 물론 나는 저녁에만 숙소에서 요리해 먹을 생각이었다. 문제는 주방이 생긴 엄마와 아빠가 신난다며 세끼 모두 한국 음식으로 상다리가 부러지게 요리한다는 것이었다. 아침은 거의 먹지 않는 우리 셋은 여행 출발 전, 암스테르담에 있을 때부터 속이 너무 불편했다. 간단하게 뮤즐리와 과일을 넣은 요거트로 아침식사를 하다가 일어나자마자 쫄면에 전에 기름진 국이 차려진 식사를 마주하게 된 것이다. 집이 크지도 않아 아침부터 지지고 볶고 씻고 하는 요란한 소리로 가득했고, 들리지 않는 엄마와 아빠는 그게 얼마나 시끄러운지도 모르고 신나게 요리를 했다. 둘은 가스레인지가 아닌 인덕션 레인지를 어떻게 사용하는지 몰라 자고 있던 동생과 나를 깨웠다. 처음에는 오랜만에 딸과 아들을 만난 기쁨과 사랑의 표현으로 받아들였다. 그러나 그것도 한두 번이지. 이제부터 아침은 둘이서 알아서 먹으라고 몇 번이나 얘기해도 아침 댓바람부터 "밥! 팝! 팝!" 하며 밥 안 먹으면 세상 뒤집어질 듯 우리를 불렀다. 스위스에 도착하자마자 장에 경련이 일어 데굴데굴 구르며 밤잠을 설치자 더이상 참을 수 없었다.

"이제부터 아침은 둘이서 먹어. 우리는 원래 아침 안 먹어. 알아서 먹겠다고 했는데 왜 자꾸 깨워서 밥 먹으라고 해? 그리고 어제도 깨우지 말라고 말했는데 왜 자꾸 소리지르면서 깨우는 거야? 이건 엄마, 아빠의 여행이기도 하지만 우리의 여행이기도 하다고. 다 같이 돈 내서 여행하는 거잖아!"

엄마가 그래도 밥은 먹어야 하지 않냐고 말했다. 어차피 식사 준비하는데 다 같이 먹으면 좋지 않냐고 말이다.

"아니, 밥이 소화가 안 된다니까!"

엄마는 시무룩한 표정을 지었다. 아빠는 알았다며 얘네 밥 만들지 말라고 했다. 유럽 여행 왔는데 한국 밥만 줄기차게 찾아다니고 식당에 가면 맹맹하고 맛없다며 정색하고 수어로 '맛없어'라고 말하는 아빠. 그런 아빠를 위해 여행중인데도 매일같이 한국 요리를 해다 바치는 엄마도 이해할 수 없었다. 기름내가 진동하는 탓에 숙소 주인 눈치도 보였다. 나는 잔뜩 짜증을 내고 방에 들어갔다. 갈등의 시작이었다.

+ 효녀가 뭐길래

나의 인내의 끝은 프랑스 파리였다. 엄마와 아빠는 파리에 도착하자마자 탄성을 질렀다. 너무 볼 게 많고 예쁘다고 말이다. 나를 제외하고 모두가 파리는 처음이었다. 내게 파리는 정말 최악의 도시였다. 기대를 많이 해서 그랬는지도 모른다. 사람도 많고 대기 질도 별로며 도시 곳곳이 지저분했다. 사람들도 불친절했는데 어쩌면 내가 프랑스어가 아닌 영어를 써서 그랬는지도 모른다.

극한 여행의 절정은 저녁에 방문한 파리 에펠탑에서였다. 파리의 마지막 밤이니 에펠탑의 야경을 보고 싶어했다. 이미 2층 관광버스를 타고 다니며 에펠탑 사진을 여러 번이나 찍은 둘이었지만 야경은 다르다며 꼭 가야 한다고 했다. 뭐가 다르지? 이해할 수 없었으나 엄마, 아빠가 과연 파리에 언제 다시 올 수 있을까 생각해 고개를 끄덕였다.

엄마는 에펠탑에 꼭 올라가보고 싶다며 표를 끊어 올라가자고, 그렇게 하지 않으면 나더러 효녀가 아니라고 했다. 인내심이 한계에 부딪혔다. 엄마가 친구가 장난으로 보낸 문자라며 메시지를 보여줬다.

"보라가 만약 에펠탑 안에 데려가지 않으면 효녀 아님."

'아니, 어째서 내가 이 모든 고생을 감수하며 여행 가이드를 하고 있는데 효녀가 아니라는 거지? 내가 효녀인지 아닌지 누가 결정하는 건가? 세상에 이런 딸 어디 있다고!'

문자를 보자마자 모든 걸 다 포기하고 싶었지만 그래도 마지막 날이니까 참기로 했다. 참을 인 자를 마음속으로 그리며 에펠탑에 도착하니 관광객들로 바글바글했다. 우버 택시에서 내리자마자 한 커플이 엄마, 아빠에게 다가왔다. 광희와 파트너가 그사이에서 통역을 하고 있었다. 나는 조금 떨어진 거리에서 지도 애플리케이션으로 위치와 동선을 파악했다.

"한국에서 왔어요? 나는 두바이에서 왔어요. 나 한국에 관심 많은데. 혹시 한국 지폐 있어요?"

애인은 의심 없이 그걸 광희에게 통역했고 광희는 그걸 수어로 통역하고 있었다. 명백한 소매치기였다. 그러나 우리 엄마, 아빠는 두 번의 통역이 필요한 사람이었기 때문에 그들이 하려고 했던 절도 및 사기 행위는 조금씩 늦어지고 있었다. 딱 봐도 전형적인 수법이었다.

"없어요, 없어. 한국 돈 하나도 없어요. 너희 둘 다 뭐해. 가자."

내가 대화를 중단하자 커플 중 한 명이 왜 우리를 의심하느냐며 차갑게 쏘아대고는 나를 노려봤다. 잠시 후, 그 커플은 다른 관광객에게 접근했다. 기가 찼다. 소매치기를 당하지 않아 다행이었지만 이 네 명 모두가 아무것도 모른 채 순진하게 있었다는 것 자체가 스트레스였다.

에펠탑에 가까이 갈수록 사람들이 더 많아졌다. 밤 열시였다. 혹시 더 있을지도 모를 소매치기를 주의하느라 신경을 곤두세웠다. 길에는 관광객들을 대상으로 장사하려는 사람들로 가득했고, 택시들은 호객 행위를 했다. 바람이 불어 흙먼지가 날렸다. 순간 에펠탑의 조명이 반짝거렸다. 밤에는 매시간 정각마다 10분간 조명 쇼가 펼쳐진다고 했다. 두번째 방문한 파리였지만 정작 에펠탑을 본 적은 없었는데 생각보다 더욱더 별로였다. 누가 이런 흉악한 철골을 세운 거지, 이 조명 쇼는 도대체 누가 고안했는가. 왜 그랬는지 찾아가 묻고 싶을 정도였다. 그러나 엄마는 입을 크게 벌리며 좋아했고 아빠는 셀카봉에 카메라를 들고 사진을 찍었다. 둘 다 너무 신나 보였다. "어서 와서 사진 같이 찍자"며 나를 불렀다. '그래, 딱 한 번만 찍자, 에펠탑인데' 마음먹고 사진을 찍었다. 그런데 웃음이 안 났다. 무표정으로 사진을 찍었다. 엄마는 이 방향에서도 찍고 저 방향에서도 찍자며 또다시 나를 불렀다. 한계점이었다. 안 되겠다 싶어 구석에 주저앉았다. 파트너가 괜찮으냐며 나를 일으켜 세웠다.

에펠탑을 뒤로하고 벤치에 앉았다. 이 상황에서 당장 벗어나고 싶은데 그럴 수 없어 눈물이 났다. 엄마와 아빠는 저렇게 좋아하는데 나는 효녀가 되지 못하고 이렇게 장단도 못 맞추고 있어 화가 났다. 나는 네덜란드 필름아카데미에서의 1년을 마치자마자 쉬지도 못하고 가족 여행을 하며 이렇게 고생하는데 눈치 없이 자기들끼리만 좋아하는 엄마, 아빠가 밉기도 했다. 여행의 마지막날이었다. 잘 마무리하고 싶었지만 이렇게 패닉이 와 주저앉아 울기밖에 못하는 나 자신도 견딜 수 없었다. 동생이 엄마에게 빨리 집에 가자며 잡아끌었다. 엄마는 그제야 상황 파악을 하고는 깜짝 놀란 얼굴로 다가왔다. 영문을 모르겠다는 표정이었다.

"보라 아파? 왜?"

눈물이 났다. 사람들이 너무 많고 시끄럽고 정신이 하나도 없어서 패닉이 왔다고, 패닉은 영어이니 공황장애 같은 것이라고 설명해야 했는데 그럼 또 '공황장애'가 무엇인지를 설명해야 했다. 농인인 엄마는 한 번도 들어보지 않은 너무 어려운 단어였다.

눈을 감았다. 아무것도 보지 않고 듣고 싶지 않았다. 집에 가자며 파트너가 내 팔을 잡았고 그저 땅만 보고 걸었다. 어떻게 숙소에 돌아왔는지 기억이 잘 나지 않는다. 엄마는 보라가 많이 아픈가 보다며 가엾다는 표정으로 물을 건넸다. 화가 나는데 정확하게 엄마, 아빠 때문에 화가 나는 건 아니었다. 내가 수행해야 하는 모든 역할들이 너무나 버거웠다.

+ 지구 반대편에서는 아빠도 다르게 보인다

암스테르담에 돌아오니 살 것 같았다. 엄마와 아빠는 어제 있었던 일 때문인지 연신 내 눈치를 봤다. 여행은 즐거웠지만 동시에 너무 고됐다. 한꺼번에 그 많은 일들을 부담하고 책임져야 하는 것이 힘에 부쳤다. 무엇보다 작년부터 쉬지 못하고 쭉 달려왔다는 게 문제였다. 네덜란드로 건너오기 전에 전력을 다해 영화 편집을 했고, 작년부터는 이곳에서 살아남기 위해 온 에너지를 쏟았고, 봄과 여름에는 영화 후반 작업으로 바빴다. 그렇게 방학을 맞았지만 쉬지도 못한 채 가족 여행을 왔으니 에너지와 체력이 고갈된 것은 어쩌면 당연했다.

아빠는 집에 도착하자마자 당장 주물럭을 먹고 싶다고 했다. 집으로 향하는 내내 저녁 메뉴 얘기뿐이었다. 그러나 슈퍼마켓 쪽으로 차를 돌리기 애매했다. 집에서 도보 5분 거리니 차를 먼저 주차한 후 장을 봐도 될 터였다. 엄마와 아빠, 광희를 집 앞에 내려주고 주차를 하러 향했다. 암스테르담에서 주차하는 건 처음이라 어떻게 해야 할지 몰라 우왕좌왕했다. 주차를 겨우 마치고 집에 돌아오니 아빠가 소파 구석에 앉아 핸드폰만 들여다보고 있었다. 장을 보러 다녀오지 않은 듯했다.

"아빠 왜 저래?" 동생에게 물었다.

"아빠가 주물럭 먹고 싶은데 누나가 오는 길에 슈퍼마켓에 안 들러서 아빠가 삐졌어. 아, 몰라. 배고프다고 와서 라면 끓이려고 하는데 인덕션 어떻게 켜는지 모르니까 누르다가 나한테 어떻게 하는지 누나한테 전화해보라는 거야. 나도 힘드니까 누나한테 직접 영상통화 하라고, 왜 나한테 시키냐고 했지. 그랬더니 지금 삐져서 저렇게 밥도 안 먹고 있는 거야."

웃음이 났다. 웃겼다. 이게 무슨 상황이지. 설마 아빠가? 그 어떤 상황에도 "괜찮아, 경험" 하고 호탕하게 웃던 아빠가 배가 고파

삐치다니! 아빠와 미국 여행을 할 때도, 일본 여행을 할 때도 저런 모습은 한 번도 본 적이 없었는데. 어떤 상황에서도 늘 괜찮다며 여유롭게 대처하는 아빠가 여행 내내 음식 때문에 고전하다 결국 토라지기까지 했던 것이다. 다행인 건 아빠가 남에게 화를 내는 성격이 아니라는 거다. 엄마는 그런 아빠를 달래기 위해 어떻게든 남은 재료로 한식을 만들고 있었다. 쫄면이었다. 따뜻하고 매콤한 주물럭이 먹고 싶었던 아빠는 쫄면이 성에 차지 않았다. 슈퍼마켓 저기 5분 거린데. 아빠, 엄마 둘 다 여러 번 가지 않았나. 걸어서 가면 되는데 왜 안 다녀왔지? 식탁에 앉아 쫄면을 먹으며 구석에서 혼자 핸드폰을 들여다보고 있는 아빠를 봤다. 지구 반대편으로 날아와서 딸 집에서 구박받고 운전도 못하고 가고 싶은 데도 못 가고 먹고 싶은 한국 음식도 먹지 못하니 이렇게 되는구나. 세상에서 가장 천진난만하고 어떤 상황이 와도 긍정할 수 있을 것 같았던 아빠에게도 이런 모습이 있었던 것이다. 나는 푸하하 웃으며 아빠에게 "슈퍼마켓 왜 안 갔냐"고 말을 걸었고 엄마는 건들지 말라며 내 손을 잡아챘다. 길다면 길고 짧다면 짧았던 가족 여행을 어쨌든 웃으며 마무리하는 그런 저녁이었다.

4부

모든 가능성을 열어두고

영화를 세상에 내보여야 하는 이유

+

세월호 참사가 터졌을 때 나는 영화 〈반짝이는 박수 소리〉 편집을 마무리하고 있었다. 서울국제여성영화제에서의 첫 상영을 앞두고 있었고, 눈코 뜰 새 없이 바빴다. 그러던 중 뉴스 속보를 봤다. 배가 가라앉고 있었다. 나는 원룸에 앉아 실시간으로 멍하니 사람이 탄 배가 가라앉는 걸 바라보고 있었다. 할 수 있는 게 아무것도 없었다. 생방송 뉴스를 지켜보는 것뿐이었다. 죄책감과 부채감이 생겼다. 나뿐만 아니라 모두가 그랬다. 지금 당장 나가 무언가라도 해야 할 것 같았다. 그러나 내 눈앞에 있는 건 당장 편집을 마쳐야 하는 영화 후반 작업 일정이었다. 내가 아니면 아무도 할 수 없는 일이었다. 마무리를 지어야 했다. 아무 말도 하지 못하고 SNS에 어떤 글도 올리지 못한 채 후반 작업을 마쳤다. 곧 있을 월드 프리미어 상영과 관련한 홍보 글을 올려야 하는데 죄책감이 들었다. 세월호 참사 사건으로 희생자 및 생존자 유가족들을 비롯해 모든 국민들이 트라우마를 갖고 있었다. 다른 이야기를 꺼내기조차 어려웠다. 그런 와중에 영화 만들었다고, 영화관에서 상영하니 보러 오라고 말하기 어려웠다. 그러나 이 이야기 역시 중요했다. 영화가 전달하고자 하는 메시지와 장애 문제 역시 한국 사회에 꼭 필요한 것이었다. 그렇지만 세월호 참사 사건과 관련하여 어떤 일도 하지 못했다는 생각은 역시 나를 괴롭게 했다. 광화문 부근에서 일이 생길 때면 버스가 아닌 지하철을 탔다. 광화문 광장에 있는 세월호 추모 부스를 마주할 용기가 없었다. 국가가 구하지 못한 혹은 구하지 않은 이들을 위해 슬픔과 아픔을 딛고 그곳에서 진상 규명을 위한 농성과 활동을 이어간다는 것이 대단하면서도 믿을 수 없었다. '국가'란 무엇인지에 대한 수많은 질문이 떠올랐다. 그곳에 갈 용기조차 쉽게 내지 못하는 나 자신이 무척이나 부끄럽고 죄송했다.

몇 달 후 내게 그곳은 영화 〈기억의 전쟁〉을 계속해서 제작해야 할 이유가 생긴 장소가 되었다. 영화 〈기억의 전쟁〉은 1960년대 미국의 동맹군으로 베트남전에 참전한 한국군의 민간인 학살을 둘러싼 기억을 다룬다. 한국은 이 전쟁을 통해 막대한 경제성장을 이루었지만 그 이면에는 한국 정부가 부인하고 있는 학살 사건들이 존재한다. 1968년 2월 12일, 베트남 꽝남성 퐁니·퐁넛 마을에서 벌어진 학살에서 가족을 모두 잃고 오빠와 단둘이 살아남았던 응우옌 티 탄은 그때의 기억을 증언하고 한국 정부의 공식 사과를 요구한다. 영화는 그의 용기 있는 여정을 좇으며 학살을 둘러싼 이들의 서로 다른 기억과 태도를 보여준다. 그렇게 전쟁은 50년의 세월을 지나, 기억의 전쟁이 된다.

2015년 4월, 영화의 주인공이자 퐁니·퐁넛 마을 학살 피해자인 응우옌 티 탄 아주머니가 한국에 방문했을 때였다. 빈딘성 떠이선현 떠이빈사 빈안 마을 학살 피해자인 응우옌 떤 런 아저씨와 함께였다. 영화 제작진과 활동가들, 자원봉사자와 서울을 관광하는 날이었다. 한국군에 의한 베트남전 민간인 학살 피해자들이 한국에 방문한 것은 그때가 처음이었다. 우리들도 그랬지만 당사자 두 분 역시 꽤 긴장한 모습이었다. 탄 아주머니와 런 아저씨의 손을 잡고 광장시장을 둘러본 후 광화문으로 향했다. 시간대가 맞아 광화문 내부에서 진행되는 행사를 볼 수 있었다. 이후 광화문 광장의 이순신 장군과 세종대왕 동상 쪽으로 향했다. 걷다보니 세월호 추모 천막이 보였다. 예상치 못한 순간이었다. 이걸 어떻게 설명해야 하지. 온몸이 굳었다. 통역을 맡은 자원 활동가가 세종대왕과 이순신 장군에 대해 설명하는 동안 말을 골랐다. 탄 아주머니가 사람들이 오가는 천막 쪽으로 눈을 돌렸다. 입을 열었다.

"2014년 4월, 한국의 팽목항에서 제주도로 향하던 배가 침몰하는 사건이 발생했어요. 그때 304명의 사람들이 죽었고 172명이 살아남았어요. 미디어는 사고 소식을 생방송으로 보도했고, 국가는 제 할일을 하지 못했어요. 탄 아주머니와 런 아저씨도 아시는 박정희 전 대통령의 딸인 박근혜 대통령이 그때 이 모든 일의 책임자였죠. 아직도 배가 왜 침몰했고 국가는 이들을 왜 구하지 못했는지 밝혀지지 않았어요. 그래서 이들은 지금까지 정확한 진상 규명을 요구하는 활동을 계속해오고 있는 거예요. 이렇게 천막을 짓고 광장의 사람들을 만나면서요."

베트남어로 통역을 하는 자원 활동가가 미처 말을 잇지 못하고 눈물을 보였다. 나는 피해자 및 그들의 가족들뿐만 아니라 모든 국민들이 트라우마를 갖고 있다고 설명했다. 탄 아주머니는 말없이 주위를 둘러봤다. 옆에 있는 활동가의 팔을 꽉 잡은 채였다. 런 아저씨는 부스 앞에 걸린 단원고 학생들의 얼굴들 앞에서 걸음을 멈췄다. 아저씨는 무릎을 굽혀 앉아 그들의 얼굴과 이름을 하나씩 들여다봤다. 당신이 해야 하는 일은 얼굴을 하나하나 들여다보고, 이름을 하나씩 부르는 것이라는 사실을 잘 알고 있었다. 세월호 참사 이후 광화문에 오는 것조차 주저했던 나와는 상반되는 행동이었다. 잠시 후, 두 분은 자신들이 도울 만한 일이 없겠느냐고 물었다. 아…… 주저하는 나를 대신해 부스에 있던 활동가가 진상 규명을 촉구한다는 내용의 서명을 하거나 성금을 하면 큰 도움이 될 것이라 했다. 런 아저씨와 탄 아주머니는 펜을 들어 서명했다. 그러고는 갖고 있던 지갑을 열어 지폐를 꺼내 이거면 충분하냐고 물었다. 한국에 머무는 동안 맛있는 것 드시고 기념품 사라고 초청 단체에서 마련한 용돈이었다. 피켓을 들고 시위하던 아버님들 중 한 분이 말을 걸었다. 베트남 사람이라 한국어를 알아듣지 못한다고 하니 베트남 관광객들이 종종 온다며 연습했던 베트남어로 도와달라고 말을 꺼냈다. 당황스러웠다.

"이분들은 베트남에서 오셨고, 한국군에 의한 민간인 학살 피해자이자 생존자셔요."

어떻게 서로를 설명해야 할지 난감했다. 한쪽에는 국가의 잘못으로 아이들을 잃은 부모님이 있고, 다른 한쪽에는 미국이 일으키고 한국이 참전한 전쟁으로 가족을 잃은 이들이 있었다. 둘 사이에서 무엇을 어떻게 말하고 설명해야 할지 알 수 없었다. 무엇보다 과연 두 주체가 서로를 이해할 수 있을지 확신하기 어려웠다. '아픔'과 '슬픔'이라는 단어로는 감히 표현할 수조차 없는 상처를 안고 살아가는 이들이 마주하는 일이 가능할까. 상상하기 어려웠다. 아니, 솔직히 말하자면 불가능할 것 같았다.

런 아저씨와 탄 아주머니에게 "여기 지금 피켓을 든 사람들은 참사로 아이를 잃은 분들"이라고 소개했다. 얼마간의 침묵이 흘렀다. 런 아저씨가 걸음을 옮겼다. 삭발을 하고 희생자 아이의 사진을 목에 건 아버지를 안았다. 탄 아주머니도 말없이 그를 안았다. 서로의 눈에 눈물이 고였다. 무어라 말을 건넬 수는 없지만 그 슬픔을 내가 안다는 표정이었다. 그때였다. 절대 만날 수 없을 것이라고 생각했던 이들이 만나던 순간, 이 영화를 꼭 완성해야겠다고 생각했다. 1968년 그날의 기억을 증언하기 위해 저멀리 베트남에서 이곳까지 온 두 사람이 보여주는 용기와 연대의 희망. 그것이 이 영화를 제작해야 하는 이유가 되었다. 아무 말도 하지 못한 채 가슴에 손을 얹었다. 손에 쥐고 있던 카메라를 다시 들었다. 영화의 내러티브와는 상관없는 장면이었지만 그 순간은 내게, 영화를 만드는 사람인 내게 아주 중요한 '모먼트'가 되었다.

네덜란드의 유일한 한인 친구

+

세월호 선체조사위원회와 유가족들이 세월호 참사에 잠수함과의 충돌 등 외부 충격이 있었는지를 밝혀내기 위한 모형실험에 참관하기 위해 네덜란드의 해양 연구소 마린을 방문했다. 암스테르담에서 동남쪽으로 100킬로미터 떨어진 바헤닝언에 위치한 마린은 세계에서 가장 큰 수조를 가진 연구소로 2018년 1월과 2월에도 세월호 자유항주모형실험과 침수실험을 진행한 곳이다. 페이스북의 네덜란드 한인 커뮤니티에서 세월호 유가족들과 함께하는 간담회가 있다는 소식을 접했다. 빠듯한 조사 일정에도 유가족들이 네덜란드 및 독일, 프랑스 교민들을 만나는 자리였다. 2학기 기말고사 즈음이라 조금 부담스러웠지만 가봐야 할 것 같았다. 어떤 조사가 진행되고 있는지도 궁금했다.

모임 장소는 한인들이 많이 사는 암스텔베인 근처였다. 이곳에 와서는 한국 사람을 거의 만난 적이 없었다. 아는 사람도 없었고, 한인들이 모이는 행사에도 가본 적이 없었다. 건물에 들어서니 사람들이 그룹별로 모여 이야기하고 있었다. 아는 사람 하나 없어 어색하게 자리에 앉았다. 세월호 유가족들 중 동수 아빠 정성욱(4·16 세월호참사 가족협의회 선체인양분과장)님과, 큰 건우 아빠 김광배(가족협의회 사무처 팀장)님의 얼굴이 보였다. 교민들 중에는 로테르담에 살고 있는 고 백남기 선생님의 둘째 딸인 백민주화씨가 있었다. 학생으로 보이는 이들도 몇몇 있었고, 네덜란드인 남편과 함께 온 현지 교민들도 꽤 많았다.

실제와 가깝게 구현한 세월호 모형실험을 참관한 유가족들과 선체조사위원회의 설명이 시작되었다. 간담회에서는 세월호 참사 이후에 어떤 활동들을 해왔으며, 이번 실험을 어떤 마음으로 지켜보고 있는지에 대한 이야기가 오갔다. 작은 규모의 행사라 세월호 유가족들의 얼굴이 테이블 건너로 바로 보였다. 얼굴 표정의 미세한 떨림까지도 그대로 보이는 거리였다. 자꾸만 한숨이 나왔고 숨을 제대로 쉬기 어려웠다.

간담회를 마치고 유가족들께 인사하며 오늘 이야기 정말 인상적이었다고, 바쁘실 텐데 시간 내주셔서 정말 감사하다는 말을 전했다. 짐을 챙겨 나서려는데 행사 때 옆에 앉아 있던 분의 얼굴이 보였다. 교민들과 이런저런 이야기를 하는 모습을 보니 여기 꽤 오래 산 사람처럼 보였다. 괜찮은 사람일 것 같다는 느낌이 들었다.

"안녕하세요. 저는 네덜란드 필름아카데미에서 석사과정 하고 있는데 여기 온 지 1년도 채 되지 않았어요. 아는 사람이 하나도 없어서 좀 어색했는데 아까 옆에 앉아 계시기도 했고 어떤 분인지 궁금해서요. 저는 영화 만들고 글을 써요."

그가 반색을 했다.

"어, 저도 글 써요. 양하양이라고 하고요. 한국에서 『고래가 그랬어』라는 어린이 잡지에 칼럼을 쓰고 있어요. 저는 주재원 아버지 따라 아홉 살 때 여기 왔고, 이후로 계속 여기 살고 있어요. 의대 졸업하고 지금은 박사과정중이고요. 졸업하고 의사를 할지는 고민중이에요. 저널리즘에도 관심이 있어서 그쪽 생각하던 차였는데. 반가워요."

하양씨는 아까 옆에서 봤는데 내가 계속 한숨을 쉬며 리액션이 커 공감을 잘하는 사람이라고 생각했다며 웃었다. 대화가 꽤 잘 통했다. 한국에는 매년 가는데 갈 때마다 급속도로 변해 있어 흥미롭다고 했다. 그는 '교포'답게 영어 문장과 한국어 문장을 섞어 썼다. 어렸을 때 네덜란드로 이주하여 자랐기 때문에 경계에 걸친 정체성을 갖고 있다고 했다. 다른 주재원 자녀들은 보통 짧게 머물고 한국 대학 입시를 준비해 때가 되면 돌아가는데 자기는 여기서 계속 살 생각이라 했다.

우리는 종종 만나 맛있는 음식을 먹거나 산책을 하며 수다를 떨었다. 둘 다 사회문제와 정치에 관심이 있었고 무엇보다 서로가 하는 일을 무척 흥미로워했다. 내가 의사 일이 멋져 보인다고 하면 하양씨는 이렇게 말했다.

"뭐가 대단해요. 보라씨도 의사가 되면 엄청 잘할걸요? 공부만 잘한다고 되는 일이 아니라 의사 업무의 대부분은 사실 커뮤니케이션이에요. 의사소통 능력. 대화를 통해 환자가 어디가 아프고 어떤 처방을 해야 하는지를 찾아야 하는데 그게 결국 소통의 문제거든요. 그거 없이는 환자 절대 못 봐요."

그는 모두들 의사라는 직종을 '넘사벽'이라고 생각하는데 절대 그렇지 않다며 나보고 의사 일을 하기를 권했다. 한국에서 살았던 기간보다 이곳에서 더 오래 산 그의 독특한 정체성과 생각, 관점이 새롭고 신기했다. 이곳 국적을 가지고 있느냐고 물으니 그는 그럼 한국 국적을 포기해야 해서 그러고 싶은 마음이 없다고 단호하게 말했다. 여기 아무리 오래 살았어도 네덜란드 사회보다 한국 사회에 더 소속감을 느낀다고 말이다. 언젠가 내게 그런 순간이 온다면 나는 국적을 포기하고 다른 나라 국적을 가지게 될까, 그건 '헬조선을 탈출하겠다'는 말처럼 정말 쉬울까. 네덜란드 사회에 아직 소속감을 느끼지 못하는데 어떻게 여기서 작업하고 살 수 있을지 고민이라는 말에 그는 이렇게 말했다.

“여기서 산다고 꼭 이 사회에 소속감을 느낄 필요는 없어요. 제가 여기 사는 건 가족이 있고 친구들이 있고 제 일이 여기 있기 때문이지 소속감을 느껴서인 건 아니거든요. 소속감을 느끼는 대상이 꼭 ‘사회’일 필요도 없는 것 같아요. 직장이나 기관 혹은 어떤 공동체에 소속감을 갖게 될 수도 있죠. 보라씨한테는 지금의 학교처럼요.”

아프리카계 네덜란드인 남자친구와 함께 사는 그는 아이를 낳으면 아이가 한국어를 배웠으면 싶어 한국에서 몇 년 사는 것도 고려하고 있다고 했다. 같은 한국인으로서의 정체성을 공유하지만 나와는 다른 위치에서 살아가는 그의 이야기는 이곳 네덜란드의 삶을 종종 다른 각도에서 바라보게 했다. 경계와 경계를 넘나들며 삶을 살아가고 있는 여성들의 이야기가 더욱더 궁금해졌다.

A급 편집자와 신인 감독의 만남

+

세계 3대 다큐멘터리영화제 중 하나인 암스테르담국제다큐멘터리영화제가 시작되었다. 영화 〈기억의 전쟁〉 프로듀서가 영화제 기간에 열리는 프로그램에 참가하기 위해 암스테르담으로 왔다. 편집을 조금 더 해보자고 결정한 후였다. 하지만 어디서부터 어떻게 편집을 시작해야 할지 알 수 없었다. 지난한 편집 과정을 다시 시작하고 마무리할 여력이 없었고 학기중이라 시간도 없었다. 프로듀서는 영화제 기간에 혹시 괜찮은 편집자가 있다면 만나보자고 제안했다.

그러나 나는 이제 막 여기서 학기를 시작한 유학생이었다. 아는 사람이라고는 학교 사람들밖에 없었다. 최근 메노가 진행하는 편집 워크숍에 참가했다고 하자 프로듀서가 말했다.

"어, 그럼 메노랑 일하면 되겠네. 만나봅시다!"

나는 고개를 흔들었다.

"아니, 그러면 정말 좋겠지만 저는 한낱 신진 감독에 불과하고 메노는 이곳의 A급 편집자……"

프로듀서가 말을 끊었다.

"와이 낫Why not?"

메노는 영화제 기간에 진행되는 교육 프로그램의 멘토를 맡았기에 정신없이 바빴다. 덜덜 떨리는 손으로 메일을 보냈다.

"안녕하세요, 메노. 프로듀서가 영화 관련해서 만나보고 싶다는데 혹시 시간 내어주실 수 있으신지요?"

애송이들, 하고 단칼에 거절하면 어쩌나 걱정했다. 학교에서도 종종 마주칠 일이 있는데 괜찮을까 하며 안절부절못하던 중 회신이 왔다. 내일 잠깐 시간이 나는데 호텔에서 보자고 말이다. 와! 한창 편집자를 찾던 중이었다. 그러나 학사 일정 때문에 서울을 비롯한 다른 도시에서는 작업할 수 없었다. 편집을 한다면 암스테르담에서 해야 했다. 그러나 아는 이가 없어 고민이었다. 메노에게 이 모든 상황을 설명했다. 프로듀서는 단도직입적으로 말했다.

"같이 일하고 싶습니다."

그는 '우리는 저기 아시아 어딘가에서 온 신인이지만 일하고 싶다'라고 말하지 않고 대번에 '우리 작업 괜찮은 작업이니 함께하자'고 말했다. 어디서 저런 패기가. 프로듀서와 감독은 이래서 제 역할이 있는 것일까. 메노는 미소를 지었다.

"정말 흥미로운 프로젝트지만 내년까지는 제가 일정이 꽉 차 있어서 도저히 할 수가 없어요. 동생이 아파 당분간 멀리 움직일 수도 없고요. 그렇지만 컨설팅은 할 수 있어요. 편집자를 찾는 거라면 괜찮은 사람을 소개해줄게요. 일단 지금은 너무 정신이 없고, 영화제 끝나면 한번 만납시다."

프로듀서는 '프로페셔널'하게 대화를 이어나갔지만 나는 옆에서 이래도 되는 것일까 걱정했다. 학교에서 학생 대 선생으로 만난 사이일 뿐인데 바로 우리랑 같이 일하자고 말해도 되는 것인가, 우리를 비웃지는 않을까, 너무 오만하다고 생각하지 않을까. 그러나 메노는 우리를 학생 혹은 신인이 아니라 그저 '영화를 만드는 사람'으로 대했다. 거기에는 나이에 따른 위계가 없었고, 실력과 경험으로 인한 차별 역시 존재하지 않았다.

+ 우린 그저 영화를 만드는 사람일 뿐

메노의 스튜디오는 필름아카데미와 가까웠다. 1층에는 바깥으로 큰 창이 나 있어 지나다니는 사람들을 볼 수 있었다. 1층에서 반 층 정도 계단을 내려가면 방이 하나 있었고, 반 층 정도 위에는 편집실이 있었다. 천장이 높고 창이 큰 공간이었다. 나는 메노와 포옹을 하고 인사한 후 그때까지 편집한 파일을 열었다. 총 106분 길이의 편집본으로, 유학을 시작하기 전에 마무리지으려던 것이었다. 편집자와 함께 작업하고 싶었지만 일정에 맞는 편집자를 구할 수 없었고 다큐멘터리영화 편집을 하는 이도 많지 않았다. 한국 다큐멘터리영화계에서는 감독이 편집까지 담당하는 게 일반적이기도 했다. 편집을 완료하고 색보정 및 후반 사운드 작업을 했지만 프로듀서와 상의 후 한번 더 편집해보자는 결정을 내렸다. 영화는 제 나름의 운명이 있었다.

메노와 함께 106분의 시간을 인내했다. 아니, 정확하게 말하면 영화를 다시 보느라 여러 번 머릿속으로 참을 인 자를 그렸고, 메노는 주의깊게 영화에 집중했다. 그는 영화를 통해 어떤 메시지를 전하고 싶은지 물었다. 첫번째 질문이었다.

"베트남전쟁 당시 있었던 민간인 학살에 대해 피해자인 베트남 마을 주민들과 한국군의 상반된 '기억', 그리고 그것을 '기억하는 태도'에 대해 질문을 던지고 싶었어요."

그러자 그는 자신에게 이 영화가 어땠는지 설명했다.

"수업 시간에 이 영화의 오프닝 신을 가져와 보여줬잖아요. 그걸 보고 사실 기대를 많이 했는데 막상 오늘 이 편집본을 보니 아쉽다는 느낌이 먼저 드네요. 일단 가이드 인물이 없다는 점. 누가 주인공인지, 누구를 따라 이 영화를 끝까지 봐야 하는지 모르겠다는 아쉬움이 커요. 그렇다고 뚜렷한 내러티브나 스토리라인이 있는 것도 아니고요. 이 편집본에는 굉장히 많은 요소와 소주제들이 있는데 그걸 다 쳐내고 가장 핵심적인 주제를 중심으로 재편집해야 해요."

그는 예를 들어 초반부 신과 후반부 신을 편집해서 붙여보면 어떻겠냐고 물었다. 그건 정말 아니라고 생각해서 고개를 저었다. 그러자 메노가 편집 프로그램을 열어 두 신을 붙였다. 그러자 그 두 신이 원래 의도했던 바와는 다른 의미를 생성했다. 절대 붙을 수 없을 거라고 생각했던 신이었다. 제3자의 시선이 개입했기에 가능한 편집이었다. 아, 이래서 감독과 다른 시선에서 촬영본을 읽어낼 수 있는 편집자가 중요하구나. 사실 다큐멘터리영화 편집을 감독이 아닌 편집자가 하는 데 의문이 있었다. 현장에 한 번도 가보지 않은 편집자에게 현장이 핵심인 다큐멘터리영화의 편집을 맡기는 것이 과연 맞는 것인가 하는 물음이었다. 주변 사례를 봐도 그 주제를 오랫동안 기획하고 고민하고 촬영해왔던 감독이 대개 직접 편집을 했다. 다만 단점도 있었다. 감독 스스로는 이 신이 어떻게 탄생하고 어떤 의미를 담고 있는지 아주 잘 알지만 외부인, 즉 관객의 시선에서는 어떤 신인지 알 수 없는 장면들로 편집될 수 있다는 점이다. 나의 편집본이 그랬다. 현장에서 직접 땀흘려 찍은 나는 이 신이 매우 아름다워 스스로 흡족했는데 그 장면을 처음 본 관객 입장에서는 뭐가 뭔지 이해하기 어려운 구성이었던 것이다. 메노는 감독이 방향성을 잡지 못하고, 무엇보다 내가 현 편집본을 만족해하는 상황이기 때문에 다시 혼자 편집하기보다는 편집자와 함께 일하는 것을 추천했다. 이곳 네덜란드를 비롯해 유럽에서는 다들 편집자와 일한다고 말하면서 새로운 방향을 제시할 수 있는 경험 있는 편집자와 일하는 것이 좋겠다며 그는 몇 명을 추천했다.

메노는 말이 끝나자마자 혹시 차 더 마시겠냐고 물었다. 고개를 끄덕이니 컵을 들고 주방으로 향했다. 우리 아빠보다 나이가 많은 메노가 차를 끓여준다니 죄송하고 민망하여 자리에서 일어섰다. "아, 제가 알아서 마실 수 있어요." 그러자 그는 자기 작업실이고 나는 손님이니 그가 하는 것이 맞다며 나를 도로 앉혔다.

"이 영화는 한국군이 참전한 베트남전쟁 이야기이지만 동시에 '기억'에 대한 이야기라고 생각해요. 이 세계의 모든 인간들은 계속 다른 형태의 '전쟁'을 일으키고 그 기억 속에서 살아가죠. 그럼 우리는 그 모든 것을 어떻게 기억할 것인가, 궁극적으로 '기억'이 무엇인가에 대한 질문을 던질 수 있는 작업이라고 생각해요. 그런데 아직 그 질문이 안 보여요. 그러나 희망은 이 영화 작업이 끝나지 않았다는 것. 더 나아질 수 있는 기회가 있다는 거죠."

눈물이 고였다. 이 정도까지 기대하고 온 것은 아니었다. 이런 사려 깊은 피드백을 받을 줄이야. 강압적인 지시가 아닌 수평적인 조언이었다. A급 편집자와 신인이 아니라 영화를 만드는 사람 대 사람으로. 메노는 내 나이가 몇 살인지, 경험이 얼마나 있는지, 영화제에서 상을 얼마나 탔는지, 얼마나 유명한지 물어보지 않았다. 메노는 남자였고 나이가 많았고 많은 영화를 편집했으며 세계적으로 손꼽히는 편집자였지만 과시하지 않았다. 그저 나처럼 '영화를 만드는 사람'이었다.

고맙다고 인사하며 스튜디오를 나섰다. 눈이 수북하게 쌓여 자전거가 눈에 파묻혀 있었다. 장갑 낀 손으로 눈을 치우는데 손이 꽁꽁 얼었다. 메노는 운하 사이를 잇는 다리 위가 제일 미끄럽다며 조심하라고 당부했다. 암스테르담 시내에 노란 불빛이 내려앉았다. 그사이로 천천히 페달을 밟았다.

괜찮은 조합

+

보내주신 편집본 잘 봤습니다. 영화가 다루고 있는 주제와 스타일이 꽤 인상적이었습니다. 미팅을 하면 좋겠는데 목요일에 시간 어떠신지요?

메노가 소개시켜준 편집자로부터 메일이 왔다. 패트릭 밍크스, 네덜란드 필름아카데미를 졸업한 후 영화를 만들어왔던 감독이자 편집자였다. 메노는 편집 일정을 맞출 수 있을지 모르겠지만 우선 순위로 연락해보라며 추천했다.

약속 장소는 패트릭의 스튜디오가 있는 암스테르담 동쪽의 오스트Oost였다. 큰 키에 반갑게 나를 맞아준 패트릭은 네덜란드 영화 매거진에 영화 비평을 싣고, 여러 영화를 편집하며 직접 연출도

하고 시나리오를 쓰기도 하는 등 다방면에서 활동하고 있었다. 그는 꽤 덩치가 컸는데 신기하게도 무섭지 않았다. 성별이나 젠더 차이에서 오는 위계도 느껴지지 않았다.

"영화 〈기억의 전쟁〉 편집본 잘 봤어요. 감독이 무엇을 말하고 싶은지 잘 드러나는 시퀀스들이 있더라고요. 이 전쟁과 학살을 어떻게 기억할 것인가 질문을 던지는 게 이 작업에서 중요할 것 같다는 생각이 들었어요. 가능성이 있는 작업이고 흥미로워요."

패트릭은 커피를 건네며 단도직입적으로 말했다. 더치스러웠다. 효율성을 중시하는 사람들.

"편집을 다시 하게 된다면, 지금 있는 좋은 요소들을 잘 모으는 방식이 될 것 같아요. 살릴 수 있는 요소들이 굉장히 많은데 지금은 그것들이 잘 구축되어 있지 않다는 느낌이에요. 기본적인 스타일과 콘셉트는 그대로 가되 골자를 다시 짜서 구조를 만들고 그것에 따라 편집하는 방식이어야 할 것 같아요."

고개를 끄덕였다. '새 눈'이 필요한 순간이었다.

"저는 한 번도 편집자랑 일해본 적이 없어요. 이게 세번째 영화인데 한국의 다큐멘터리영화계는 아직 역할을 세분화해서 일하는 시스템이 구축되어 있지 않거든요. 일인 다역을 할 수밖에 없었고, 저도 그렇게 편집까지 직접 해왔어요. 그래서 저도 아직 편집자와 어떻게 일할 수 있을지 모르겠어요. 필름아카데미에서 이번 편집본으로 내부 시사를 했었는데, 그때 동기들이 편집자와 일하는 걸 강력하게 추천하더라고요. 제가 지금 단계에서 보지 못하는 것을 분명히 편집자가 볼 수 있을 거라고, 그게 '협업'이라고요. 영화를 잘 마무리하는 것도 중요하지만, 영화를 만드는 사람으로서 이번 단계에서 그걸 배우고 경험해본다면 좋을 것 같아요."

패트릭은 이야기를 아주 잘 듣는 사람이었다. 편집자로서 감독들과 많이 일해본 경험 때문이기도 했지만 동시에 시나리오와 편집 컨설턴트로도 일하기 때문이었다. 또한 필름아카데미에서 3년간 멘토로서 다양한 학생들을 지도해본 경험도 있었다. 마감일을 정해둔 건 아니었지만 해가 가기 전에는 파이널 편집을 마무리 짓고 싶었다. 그러려면 학기중에도 진행을 해야 했다. 통으로 2~3주 정도가 필요했지만 그렇게 시간을 길게 낼 수는 없었다. 패트릭은 석사과정을 하면서 편집실에 매일 올 수는 없을 테니 일주일에 사흘 정도 함께 편집하고 이틀은 학교 연구 과정에 집중하는 것이 좋겠다며 내 일정에 맞추겠다고 했다. 그렇게 패트릭과의 영화 〈기억의 전쟁〉 파이널 편집이 시작되었다.

+ 도시락과 더치페이

5월이었다. 날씨가 기가 막히게 좋았다. 마침내 네덜란드에도 봄이 온 것이다. 4월에도 춥고 바람이 불어 목폴라를 입어야 했는데 언제 그랬냐는 듯 계절이 바뀌었다. 이 순간을 절대 그냥 보낼 수 없었다. 네덜란드 사람들은 햇빛이 나면 마치 약속이라도 한 듯 밖에 나가 일광욕을 즐겼다. 처음에는 왜 그러지 싶었는데 긴 겨울을 보내고 나니 햇빛이 우리 삶에 얼마나 중요하고 귀한 것인지 몸으로 직접 깨닫게 되었다. 패트릭도 날이 좋으니 밖에서 점심을 먹자고 했다.

그러나 예산이 별로 없었다. 패트릭과 일을 하는 것도 아주 큰 결정이었다. 감독인 내가 네덜란드에 있기 때문에 이곳에서 편집자를 구해야 했지만 당장 제작비가 없었다. 프로듀서는 제작 지원을 받을 수 있는 곳을 찾아볼 테니 진행하자고 했다. 패트릭이 준 견적서를 받아들었는데 입이 떡 벌어질 정도의 인건비가 적혀 있었다. 이곳 유럽 기준으로 하면 그렇게 비싼 것만은 아니었지만 한국과 비교하면 큰 액수였다. 한국이 인건비가 낮기도 했고, 제작비 규모가 유럽과는 큰 차이가 있기 때문이었다. 편집 비용은 지원받을 곳을 알아본다지만 중요한 건 당장 제작비 잔고가 별로 없었다. 제작비가 다 모이면 시작하는 것이 아니라, 조금씩 단계별로 펀드를 받아 제작해나가는 것이 독립영화 제작의 현주소였다. 후반 작업이 1년 미뤄지면서 제작비도 늘어야 했지만 추가로 지원받을 만한 곳을 찾지 못한 상황이었다.

패트릭과 점심을 먹는 내내 머릿속에는 점심값 계산을 누가 어떻게 하면 되나 하는 고민뿐이었다. 한국이 아닌 외국에서 영화 후반 작업을 하는 것이 처음이라 이곳에서는 점심식사 비용을 제작비 예산에 포함하는 것이 일반적인지 아닌지 알 수 없었다. 매일 점심을 나가서 먹는지, 제작비 예산으로 계산하는 것인지 말이다. 외식비가 비싼 이곳에서 편집 기간 내내 점심을 사서 먹는다면 꽤 많은 비용이 필요했다. 어렵게 패트릭에게 사정을 설명했다. 그러자 그가 걱정 말라며 손을 내저었다.

"그건 우리가 어떻게 할 건지 이야기해보면 되죠. 오늘은 날이 좋고 해서 내가 나와서 먹자고 제안한 거고. 저도 매일 나가서 점심식사를 하지는 않아요, 비싸니까. 도시락을 각자 싸오는 게 편하면 그렇게 하면 되고. 근처에 슈퍼마켓 있으니까 빵이랑 야채를 사서 냉장고에 두고 먹어도 돼요. 각자 편한 대로 합시다."

점심으로 시킨 샌드위치가 코로 들어가는지 입으로 들어가는지 모른 채 걱정에 걱정을 하던 내 얼굴을 읽은 것 같았다. 그후 나는 학교에 도시락을 싸가던 날처럼 조금 일찍 일어나 샐러드와 주먹밥, 간단한 반찬 몇 개를 준비했다. 미리 밥을 해두지 않거나 늦게 일어난 날이면 슈퍼마켓에 들러 신선한 야채와 과일을 샀다. 그도 그랬다. 프랑스인 엄마 아래서 자란 패트릭의 점심식사 시간은 꽤 길었다. 적어도 한 시간, 길면 한 시간 반 넘게 햇볕 아래에서 수다를 떨며 느릿느릿 점심식사를 했다. 해가 좋아서 그런가 했지만 해가 뜨지 않는 우중충한 날에도 그랬다. 처음에는 조급했다. 나는 빨리 점심을 먹고 들어가 편집을 더 하고 싶은데, 그는 그만의 속도가 있었다. 편집자와 일을 처음 해보는데다가 그를 잘 모르는 상황에서 어떻게 하면 이 편집을 효율적이고 효과적으로 해낼 수 있을까 고민이 되었다. 내가 종종 "과연 우리 이 기간 안에 편집 마칠 수 있을까요?" 하고 불안한 내색을 내비치면 그는 우리는 제 속도대로 가고 있다고 나를 다독였다. 그는 걱정형 인간인 나와는 정반대의 사람이었다. 괜찮은 조합이었다.

거기에 답이 있을 테니까

+

패트릭이 이 영화를 이해하기 위해서는 한국 사회의 여러 정치·사회·역사적 맥락이 필요했다. 처음 일주일간은 편집을 하지 않고 오로지 '프리뷰'를 하며 여러 이야기를 나눴다. 말 그대로 촬영한 영상을 함께 보는 일이었다. 내가 학교 일정이 있어 편집실에 오지 못하는 날에는 패트릭 혼자 기존 촬영분들을 봤다. 둘이서 함께 봐야 하는 영상은 2018년 4월에 새로 추가 촬영을 한 분량이었다.

파이널 편집을 앞둔 상황에서 급하게 베트남과 한국에서의 추가 촬영을 결정했다. 이유는 명확했다. 주인공인 탄 아주머니가 태도 변화를 보였기 때문이었다. 2월 말과 3월 초는 베트남에서 끔찍한 학살을 되새기는 제사가 열리는 시기다. 마을 전체가 한날한

시에 제사를 지내는 '따이한(한국군) 제사'였다. 영화제작을 시작한 2015년부터 매해 그즈음 베트남에 방문했다. 마을마다 세워진 위령비 앞에서 다 함께 제사를 지내는 마을 단위의 위령제에 참가했고, 영화의 주인공들이 각자 집에서 준비하는 제사에 찾아갔다. 2018년에는 촬영을 하지 않을 생각이었다. 영화가 편집 단계에 들어섰으니까 말이다. 그러나 촬영 단계가 지났다고 매년 가던 제사에 가지 않는 것은 어쩐지 마음에 걸렸다. 더욱이 한국군에 의해 학살된 이들을 기리는 제사였다. 마을 사람들은 한국 사람이 죽인 자들의 넋을 기리는 제사에 왜 한국인이 오지 않느냐고 물었다. 그 말을 들은 이상, 시간과 마음을 내어야 했다. 암스테르담에서 베트남 중부까지 가려면 최소 두 번 비행기를 갈아타야 했지만 올해도 인사를 드리러 가기로 했다. 그런데 1년 만에 만난 탄 아주머니는 무언가 달라진 모습이었다.

"곧 한국에 다시 갈 거야. 2015년에 한국에 다녀오고 난 후 두 번째 방문이지. 이번에 거기서 재판을 한다고 해. 한국군에 의한 민간인 학살이 있었는지 없었는지에 대한 재판. 내가 거기 원고로 서기로 했어. 저기 하미 마을의 학살 생존자와 함께 갈 거야. 나랑 이름이 같아, 응우옌 티 탄. 이번에는 꼭 사과를 받고 싶어."

탄 아주머니는 단호했다. 1년 전과는 다른 모습이었다. 우리가 3년 동안 담았던 그의 얼굴과는 다른 얼굴이었다. 주인공이 변화한 것이다. 프로듀서는 이걸 기록해야 한다고 했다.

"달라진 주인공의 태도를 좇아야 한다고 생각해요. 지금 편집본에서는 뭔가 주인공들이 행동하지 않는 느낌이었는데 만약 4월에 탄 아주머니가 증언을 하러 한국에 다시 가는 걸 담는다면 이 영화가 전달하려는 메시지가 더욱더 확실해질 거예요."

고심했다. 촬영 단계를 마무리한 상황에서 또다시 촬영을 해야 한다는 것이 버거웠다. 무엇보다 학기중이었다. 제사에 참가하기 위해 학기중에 베트남에 온 것도 큰 결정이었는데 추가 촬영을 해야 한다니. 이 영화 작업은 학교에서 하는 연구와 맞닿아 있었지만 연구 프로젝트는 아니었다. 석사과정 학생으로 연구에 시간을 좀더 쏟아야 하는데 외부 프로젝트에 시간을 들이는 것이 맞는지 의문이 들었다. 프로듀서는 이렇게 변화하는 주인공을 만나는 것은 일생에 한 번 올까말까 하는 기회라며 상황이 힘들더라도 꼭 추가 촬영을 해야 한다고 했다. 도대체 이 작업은 언제 끝나는 것인가. 아무리 작업을 끝내고 싶다고 해도 나만의 의지로 되는 것만은 아니었다. 무엇보다 나 자신이 가장 잘 알고 있었다, 탄 아주머니가 더욱더 능동적이고 적극적인 인물이 되었다는 걸.

암스테르담으로 돌아오자마자 서울에 있는 프로듀서와 매일 영상통화를 하며 촬영팀을 꾸렸다. 그리고 한 달 후, 촬영 장비를 들고 베트남으로 향했다. 2018년 4월 21일과 22일 이틀간 열리는

'베트남전쟁 시기 한국군에 의한 민간인 학살 진상 규명을 위한 시민평화법정'의 원고로 서는 탄 아주머니의 여정을 기록하기 위해서였다. 하지만 나는 학교 일정이 있어 베트남과 한국에서의 모든 일정을 따라갈 수는 없었다. 프로듀서와 촬영감독에게 양해를 구했다. 촬영감독과 내가 베트남에서 만나, 그가 어떤 마음으로 한국에 가는지 인터뷰하고 한국에 가는 그의 모습을 기록하기로 했다. 한국에서의 여정은 촬영감독과 프로듀서에게 부탁했다. 촬영감독을 주축으로 베트남 촬영팀과 한국 촬영팀으로 나눠 추가 촬영을 하기로 한 것이었다. 넉넉하지 않은 예산과 일정이었지만 다들 추가 촬영의 필요성에 공감하며 제안을 받아들였다.

그렇게 촬영한 분량이 패트릭과 내가 함께 새로 봐야 하는 분량이었다. 4월에 예정되어 있었던 패트릭과의 편집 일정도 조금 뒤로 미뤄졌다. 그 역시 꼭 필요한 영상이라며 잘 찍고 오라고 힘을 불어넣어줬다. 나는 베트남에서 돌아오자마자 편집실로 향했다. 어떤 영상들이 담겨 있을지 아직 모르는 상황이었다.

패트릭은 시민평화법정을 준비하는 한국 사람들의 모습을 매우 흥미롭게 지켜봤다. 또한 지난 3월에 베트남에 방문했을 때 담았던, 한국 사람들이 위령제에 참석해 베트남 사람들에게 미안하다고 사죄의 절을 올리는 순간 역시 매우 인상적이라고 했다. 이상했다. 나에게는 별로 중요해 보이지 않았다. 매년 몇몇 한국 사람들이 민간인 학살이 자행된 마을에 방문해 제사를 지내고 대신 사과하는 모습은 당연하고 익숙했다. 매해 그곳에서 보아왔고 나 자신도 거기 참석한 사람 중 하나였기 때문이다. 그런데 패트릭은 정말 이상하다며 눈을 동그랗게 떴다.

"이거 봐요. 여기 지금 이 청소년들, 중학생인지 고등학생인지 모를 이 아이들이 지금 여기서 50년 전 베트남에서 있었던 학살의 진상 규명을 한다고 이러고 있잖아요. 그것도 이 학살과 전혀 관련이 없는 애들이. 이거 너무 흥미로워요. 어제 제가 여자친구한테 이 촬영분에 대해 얘기했는데 그도 같은 반응이었어요. 네덜란드도 인도네시아를 식민 지배했던 역사가 있는데 만약 제가 지금 인도네시아에 가서 과거의 일을 언급하며 미안하다고 무릎을 꿇는다거나 사과를 하면 이상한 상황이 될 거거든요. 제가 사는 시대에 일어난 일이 아니니까. 그런데 지금 한국 사람들은 그걸 하고 있는 거예요."

생경했다. 그렇게는 한 번도 생각해본 적이 없었다. 한국 시민사회가 하는 일들이 당연하다고 생각해왔다. 한국 정부와 한국 국적을 가진 누군가가 베트남에 큰 죄를 졌고, 여태껏 사과하지 않고 있다면 그건 응당 다른 사람들이 해야 할 몫이라고 생각했다. 그건 어쩌면 일본군 위안부 문제에 있어 줄기차게 우리들은 피해자고 당신들은 가해자다,라고 생각해왔던 것에 대한 죄책감이기도 했다. 한 번도 우리가 가해자가 될 수 있다는 생각을 해보지 못했던 데서 오는 반성과 부채감 말이다. 패트릭은 그렇기에 이 지점을 부각해야 한다고 했다. 한국에 두 번이나 증언을 하기 위해 발걸음한 탄 아주머니 역시 대단하고 용기 있는 인물이지만 이 모든 것들을 만들어왔던 시민사회의 노력과 태도 역시 드러나야 한다고 했다. 뼛속까지 한국인인 나의 시선에서는 볼 수 없었다. 한국 사회 바깥에서 이 작업을 바라볼 수 있는 외국인 편집자의 시선이었다.

+ "시간을 두고 들여다봅시다."

우리는 프리뷰를 마치고 영화의 뼈대를 어떻게 세울지에 대해 논의했다. 이 영화가 전쟁과 학살을 어떻게 기억해야 할지 질문을 던지는 영화라면 오프닝 신은 무엇이 되어야 하며 중간에 있는 여러 장소들의 영상들을 어떤 방식으로 조정할 것인지, 영화의 클라이맥스는 무엇이 되어야 하는지 말이다. 이런 이야기를 해나가는 동안 패트릭은 나의 이야기를 주의깊게 들었다. 패트릭은 유럽, 네덜란드에 사는 사람으로서 이해되는 지점과 그렇지 않는 지점을 짚었다. 그의 피드백을 통해 영화가 한국을 넘어 다른 문화권에 사는 사람들에게 어떻게 가닿을 수 있을지에 대해 고민할 수 있었다.

어려웠던 지점은 편집자와 내가 다른 언어를 사용한다는 것이었다. 또한 이 영화의 주인공들 역시 내게 낯선 언어, 베트남어를 사용했다. 촬영 당시에도 통역자를 통해 소통해야 했고 편집을 할 때에도 영상 번역 과정이 필요했다. 내가 영화 주인공들의 말을 제대로 이해할 수 없다는 것이 큰 한계였다. 언어는 통역과 번역을 할 수 있었지만, 말과 말 사이의 공백 등이 가지는 의미에 대해서는 다소 이해하기 어려웠다. 한국어를 다루는 것과는 또다른 과정의 작업이었고 도전이었다. 그것을 해내지 못한다면 이미지와 몸짓, 눈빛과 움직임을 더 읽어내야 했다. 이 영화는 인물이 이끌어가는 인물 중심의 영화였지만 동시에 영화를 만드는 사람의 시각과 스타일이 잘 드러나는 영화여야 했다. 패트릭은 그 지점을 잘 읽어내는 감각 있는 편집자였다. 그러나 의사소통 과정은 종종 벽에 부딪히곤 했다. 가령 시민법정 촬영본의 경우 법정 용어가 많아 통역하기가 다소 어려웠다. 제작 여건상 모든 촬영본을 번역할 수 없어 실시간으로 영상을 함께 보면서 내가 옆에서 통역해야 했는데 영어 실력의 한계로 충분히 옮길 수 없을 때는 맥락이 끊겼다. 그럼에도 불구하고 패트릭은 이 영화가 가야 하는 목적지를 잘 알고 있었다. 그는 이 한계를 장점으로 만들 수 있는 방법을 찾아보자고 했다.

그의 가장 큰 장점은 모든 요소들에 가능성을 둔다는 것이었다. 가령 기존 편집본에는 있었지만 최종 편집본에 쓰지 않은 컷들이 있다. 베트남에 있는 롯데마트와 CGV영화관 등을 담은 촬영본이었다. 전쟁 특수로 막대한 이득을 본 한국이 민간인 학살에 대해서는 묻어두려 하면서 현재는 다른 방식으로 베트남에 문화·경제적 영향을 주고 있다는 점을 보여주고 싶었다. 그러나 외국인들은 이 장면을 잘 이해하지 못했다. '롯데'와 'CGV'가 어떤 기업인지 모르기 때문이었다. 어떻게든 이 요소 역시 영화 안에 넣고 싶었다. 그러나 현재 스토리 라인과는 맞지 않았다. 롯데와 CGV 같은 대기업들이 한국을 비롯해 동남아에서 얼마나 큰 영향력을 가지고 있는지에 대해 설명하다가 아무래도 안 되겠다 싶어 그냥 빼자고 했다. 그러자 패트릭이 말했다.

"완전히 배제하지는 말고 일단 시간을 두고 들여다봅시다. 모든 촬영분과 아이디어는 다시 들여다볼 가치가 있어요. 버린다면 버리는 이유 역시 확실해야 하고요. 그걸 사용하지 않는다면 왜 사용하지 않는지 들여다봐야 해요. 거기에 답이 있을 테니까."

그건 내가 필름아카데미에서도 매일같이 듣는 말이었다. 결과만이 중요한 것이 아니라 그 과정이 중요하다는 것. 왜 그 선택을 했고, 어떠한 과정에 따라 그 결과물이 나왔는지를 돌아보는 일. 단순히 '이건 좋고 이건 나쁘다'가 아닌 어떤 촬영분에 어떤 가능성이 있는지를 들여다보고 고민하는 것. 나는 영화 〈기억의 전쟁〉 편집을 하고 있었지만 동시에 편집 과정이 어떻게 창의적이고 발전적인 과정이 될 수 있는지 배우는 중이기도 했다. 편집자와 협업하며 또다른 시선으로 영화를 만들어내는 일. 다음 영화 작업의 형태와 시스템을 고민할 때 꼭 필요한 자양분이 될 터였다.

우리는 창문을 깨고
불을 질러요

+

암스테르담에 살면서 깨달은 건 나는 빼도 박도 못하는 '코리안'이라는 사실이었다. 몸은 네덜란드에 있어도 나의 관심은 온통 한국에 쏠려 있었다. 헬조선을 탈출했으니 한국의 정치사회 문제 걱정은 그만하고 여기서 만나는 이들에게 집중하고, 이곳의 뉴스들을 보며 유럽 사회는 어떻게 굴러가고 있는지 들여다봐도 될 터였다. 그런데 내가 매일같이 확인하는 것은 한국의 뉴스였다. 내가 분노하는 사건 역시 한국에서 일어나고 있는 여성 혐오와 소수자 혐오 문제였다. 나는 스마트폰을 들여다보며 어떻게 하면 문제 제기를 할 수 있을지, 어떤 방식으로 시스템을 변화시킬 수 있을지 고민했다. 필름아카데미에서 나를 설명하거나 나의 관심사, 작업을 설명할 때도 역시 마찬가지였다. '코리아'를 빼놓고는 도저히 나를 설명할 수 없었다. 나의 작업 역시 한국의 정치사회 문제에 기반하고 있기 때문이었다. 어떨 때는 '코리안'이라고 분류되는 것보다 무정부주의자, 아나키스트였으면 좋겠다고 생각했다. 한국의 여성 혐오 뉴스를 보고 분노하던 어느 날이었다. 연일 이어지는 나의 분노에 지친 파트너는 이렇게 말했다.

"보라, 너 지금 한국이 아니라 암스테르담에 있어. 그렇게 분노할 필요는 없지 않아?"

부정할 수 없었다. 그건 '애증'이었다. 나는 내가 한국을 너무너무 싫어한다고 생각했다. 못 살겠어서 그곳을 떠났고, 한국 밖에서의 가능성을 찾고 싶었다. 그러나 암스테르담에서 내가 깨달은 건, 내가 '코리안'이고 한국에 대한 애정을 갖고 있다는 점이었다. 관심과 분노를 끊을 수 없는 것은 한국 사회가 변화해야 한다고, 혹은 변화할 수 있다고 믿기 때문이었다.

+ 코리안이라는 정체성, 그리고 페미니스트

한국에 머무는 동안 시간을 쪼개 '미투운동과 함께하는 시민행동'이 주최하는 5차 성폭력·성차별 끝장집회에 나갔다. 동료의 부탁으로 얼떨결에 행사 기록용 카메라를 잡았다. 대다수의 사람들이 마스크와 모자 등으로 얼굴을 가리고 있었다. 그사이에서 카메라를 들고 촬영을 하려니 미안한 마음이 먼저 들었다. 그렇지만 꼭 기록해야 하는 현장이었다. 마음을 다잡고 카메라를 들었다.

"더이상은 못 참는다, 못살겠다, 박살내자!"

"피해자 옆에 우리가 있다! 우리는 멈추지 않는다! 우리는 끝까지 싸운다!"

사람들이 구호를 외치며 행진을 시작하자 나도 목청 높여 소리치고 싶어 촬영을 중단하고 피켓을 들었다. 구호는 단순했고 당연했다. "피해자다움 강요 말라, 가해자나 처벌하라!" "가해자는 처벌받고 피해자는 일상으로!" 도로를 행진하는데 눈물이 났다. 내 옆에서 걷는 이들 대다수가 젊은 여성이었다. 분명 다른 집회 현장에서는 성별도 나이도 출신도 모두 다른 이들이 모여 함께 목소리를 냈던 것 같은데, 이번에는 그렇지 않았다. 함께 집회에 나간 동생은 '남성'이라는 이유로 돋보였다. 한 매체의 기자가 인터뷰를 요청하기도 했다. 이상했다. 페미니즘은 여성만을 위한 것이 아니고 성폭력과 성차별은 여성에게만 일어나는 일이 아닌데 말이다.

자유발언대의 마이크는 주로 십대와 이십대의 여성들이 잡았다. 훌륭했다. '어린 여자'들이 세상을 바꿔가고 있었다. 그런데 갑자기 욕설이 들렸다. 지나가던 택시였다. 승객으로 보이는 남성이 창문을 열고 "야, 이 씨발년들아!" 하고 소리를 질렀다. 한두 번이 아니었다. 집회 내내 많은 차량들이 경적을 울리고 창문을 열고 욕을 했다. 이렇게 많은 이들이 광장에 모여 지금 당신이 하고 있는 그 성차별에 반대한다고 목소리를 높이는데도 그랬다. 정말이지 대단한 혐오였다. 그렇지만 눈앞에서 혐오를 마주하는 것은 당혹스럽고 무서웠다. 대놓고 욕을 하는 저 '근원을 알 수 없는 무례함'에는 어떻게 대응해야 하는지 알 수 없었다. 누군가 비이성적으로 반말하고 욕하며 혐오 발언을 하면 "그만하세요" "지금 이 행동은 비이성적인 것입니다"라고 이성적으로 대답하는 게 아니라 똑같이 비이성적으로 반말하고 욕하며 미러링을 해야 상대방도 자신의 행동이 어떤 것인지 비로소 깨닫는다는 걸 이론으로 배웠지만 실제로 실행해본 적은 한 번도 없었다. 무서웠으니까. 카메라를 잡고 있던 나는 아무 말도 하지 못하고 얼어 있었다. 잠시 후, 집회 참가자들 사이에서 욕이 들렸다. 몇몇이 그의 혐오를 똑같이 되받아쳤지만 비겁한 그는 이미 사라지고 난 후였다.

그날 집회에는 2만 명이 모였다. 발언이 이어지면서 사전에 집회 신고를 한 공간에 사람들이 다 들어가지 못할 정도로 인파가 운집했다. 자리를 잡지 못한 참가자들로 집회 분위기는 다소 부산했고 이미 인도와 차선 한 개를 꽉 채운 후였다. 사회를 보던 여성학자 권김현영 선생님은 왜 우리는 이렇게 매일같이 구석에 있어야 하느냐며 충분한 인원이 왔으니 차선을 더 넓혀줄 것을 경찰에게 요구했다.

"열어라! 열어라!"

모든 참가자들이 목소리 높여 구호를 외치며 자리에서 일어섰다. 어디에 앉아야 할지 몰라 고민하던 이들과 자리가 없어 뒤쪽으로 길게 줄을 섰던 사람들이 차도로 내려가기 시작했다. 주행하던 차량의 운전자들은 당황한 기색이 역력했고 경찰 역시 그랬다. 그렇게 집회 대오는 넓게 확장된 도로로 옮겨갔다. 드디어 차도를 점거했다. 누군가는 불편할 터였지만 그들이 불편함을 깨닫는 것 자체가 이 집회의 목적이었다. 여성은 단지 성별이 여성이라는 이유로 평생 불편함을 겪어왔으니 말이다.

20세기 초, 영국의 여성참정권 운동을 다룬 영화 〈서프러제트〉에 이런 대사가 있다.

"우리는 창문을 깨고 불을 질러요. 남자들이 들어주는 유일한 언어가 전쟁이니까요."

여성에게도 투표할 권리가 주어져야 한다고 아무리 말해도 듣지 않던 이들이 길거리의 창문을 무차별적으로 깨고 집에 불을 지르자 그제야 듣기 시작한다. 남성이 인식하는 방식, 미러링을 통해 여성은 스스로 가시적인 존재가 되기를 택한 것이다. 그렇게 오랜 투쟁 끝에 그들은 참정권을 얻는다. 〈서프러제트〉는 권리를 얻기 위해 투쟁하는 여성들의 연대를 다룬 영화다.

한국에서 벌어지고 있는 미투운동과 성폭력·성차별 끝장집회, 끊임없이 이어지는 여성들의 용기와 연대를 바탕으로 한 변화. 그것이 바로 나를 '코리안'으로 명명하게 하는 이유다. 증오하면서 동시에 너무나도 애정하는 한국, 아주 빠르게 변화하지만 무척 더디게 변하는 영역도 있는 곳. 자신이 믿는 가치를 지켜내고 싸우고 투쟁하는 동료들이 살아가는 곳. 그들과의 연대는 어디에 있든 나 자신을 '코리안'으로 부르게 만든다.

꼭 받고 싶은 사과

+

영화 〈기억의 전쟁〉이 2018년 제24회 부산국제영화제 와이드앵글 경쟁 부문에 초청되었다. 석사과정의 세번째 학기가 시작하자마자 한국으로 향하는 비행기를 탔다. 제작을 시작한 지 3년 반이 되던 때였다.

부산국제영화제에서의 상영은 처음이었다. 한국, 아니 아시아 국적의 감독이라면 누구든 부산국제영화제에서 자신의 영화를 상영하는 것이 꿈일 텐데 나 또한 그랬다. 열아홉 살에 영화를 처음 만들면서 친구들과 함께 부산국제영화제에 간 적이 있다. 그렇게 큰 영화제에 가보는 것도 처음인데다가 극장에서는 보기 힘든, 아시아 각국에서 만들어진 영화들을 한자리에서 볼 수 있다는 것이 좋았다. 언젠가 내가 만든 영화 역시 이곳에서 상영하면 좋겠다고 생각했는데 그로부터 십 년 후, 나와 동료들이 만든 작품을 이곳에서 선보이게 된 것이다.

+ 월드 프리미어 상영

영화 〈기억의 전쟁〉 월드 프리미어 상영에는 친구들, 동료들, 선후배뿐 아니라 많은 사람들을 초대했다. 한국여성재단, 청년허브, 서울영상위원회, 영화진흥위원회, 부산국제영화제, 리영희재단, 인천다큐멘터리포트, SJM문화재단, 포스트핀, 상상마당 시네랩에서 지원을 받아 만든 영화였다. 많은 이들에게 응원과 지지를 받은 만큼 여러 사람들이 이 영화의 첫 상영에 함께해주었으면 하는 마음이었다. 영화가 기획안 한 장의 아이디어로만 존재할 때부터 이 작업의 가능성을 믿고 처음부터 끝까지 함께한 두 명의 프로듀서와 촬영감독도 서울에서 내려왔다. 오랜만에 보는 얼굴들이었다. 이렇게 작업을 끝맺을 수 있어 다행이었다. 작업이 어떤 모습이든, 끝을 내고 매듭을 지어야 다음 단계로 넘어갈 수 있을 터였다.

영화의 주인공인 응우옌 티 탄, 응우옌 럽, 딘 껌을 초대하고 싶었지만 베트남은 사회주의 국가라 초청을 하려면 초청 단체가 있어야 하고, 여러 공문이 오가야 하는데 예산과 일정, 인력 부족의 문제로 그럴 수 없었다. 아쉽지만 통역원을 통해 전화를 걸어 영화를 상영하게 되었다는 소식을 전했다. 매년 찾아뵐 때마다 “도대체 너희 영화는 언제 완성되니?” 하고 물어왔는데 이제는 그 대답을 할 수 있게 된 것이다. 전화를 받은 주인공 모두 기쁜 마음으로 베트남에서도, 우리 마을에서도 어서 상영하면 좋겠다며 축하의 말을 전했다.

영화는 영화제 기간에 총 세 번 상영되었다. 첫 상영은 일정이 맞지 않아 가지 못했지만 프로듀서가 문제없이 잘 상영되었다고 연락해왔다. 두번째 상영과 세번째 상영에는 영화 상영 후 관객들과 함께하는 GV가 예정되어 있었다. 프로듀서 두 명과 촬영감독이 영화관 앞을 든든하게 지키며 오가는 이들에게 반갑게 인사했다. 따로 부탁하지 않아도 그들은 늘 그래왔던 것처럼 현장에서 자신의 일을 찾고, 그 일들을 훌륭하게 해냈다.

영화는 베트남전쟁 당시 한국군에 의한 민간인 학살을 둘러싼 서로 다른 기억을 다룬다. 세 명의 주인공이 등장하는데 그중 민간인 학살에서 오빠와 함께 살아남은 응우옌 티 탄이 이 영화를 이끄는 핵심 인물이다. 그는 2018년 4월 21일부터 22일까지 열린 베트남전쟁 시기 한국군에 의한 민간인 학살 진상 규명을 위한 시민평화법정에서 1968년 2월 12일에 있었던 베트남 꽝남성 디엔반현 퐁니·퐁넛 학살에서의 자신의 기억을 증언한다. 시민평화법정에는 각계각층의 시민들뿐 아니라 베트남전에 참전했던 군인들이 참석했다. 전쟁의 가해자이자 동시에 피해자이기도 한 그들은 참전 이후 국가로부터 제대로 인정받지 못하고 경제적으로 보상받지 못했음을 주장해왔다. 그런데 이 자리에서 그들은 난생처음 피해자의 이야기를 '듣는' 경험을 한다. 피해자는 늘 외국에 있었기에 전쟁 이후 한 번도 마주할 기회가 없었던 것이다. 참관하러 온 참전 군인들은 '법정' 규율상 로고가 그려진 옷은 입을 수 없어 군복 대신 일상복으로 갈아입어야 했고, 행사장에서 소란을 피우면 안 된다는 서명을 해야 했다. 이들은 대한민국 정부를 피고로, 퐁니·퐁넛 마을 학살 사건의 생존자 응우옌 티 탄과 하미 마을 학살 사건의 생존자 응우옌 티 탄을 원고로 한, 베트남전쟁 시기 한국군에 의한 민간인 학살 책임을 묻는 재판을 참관한다. 영화에는 담기지 않았지만 이날 참전 군인과 인터뷰를 했는데, 그중 한 명은 이렇게 말했다.

"32만 5천여 명 한국군이 베트남전에 참전했어. 작전을 수행했던 군인들이 베트콩을 잡으러 나갔는데 죽이고 나서 보니까 양민도 끼여 있었던 거야. 그때는 평화시대가 아니니까 양민이고 뭐고를 안 따졌는데 지금은 평화시대잖아. 그런데 이제 와서 따지면 우리는 할말이 없지. 차라리 그 사람들이 안 죽고 내가 죽었으면 나았을까? 그런데 그땐 전쟁이었으니까. 뭐 이렇게밖에 할 말이 없는 거야. 그걸 따지려면 국방부랑 청와대가 얘기해야지. 그 당시에 작전에 참가했던 사람이 직접 나와서 이러저러해서 이렇게 됐는데, 미안하게 됐다, 그러면 대한민국 참전 군인들 모두에게 오명이 씌워지는 일은 없지 않나. 지금 여론 자체가 대한민국 군인 전체가 양민 학살을 했다, 이렇게 가버리니까 우리는 억울한 거야."

민간인 학살은 절대 없었다고 주장했던 그들이 시민평화법정을 계기로 변화의 모습을 보였다. 학살이 있었다면 어떤 중대에 의해 언제 자행됐는지 정확한 진상 규명을 통해 밝히자는 쪽으로 선회한 것이다. 그러지 않으면 그 어떤 참전 군인도 개인적으로 쉽게 나서지 못할 것이라는 이야기였다. 그동안 보아왔던 무조건적인 부정과는 다른 태도였다. 그들은 법정 안에 조용히 앉아 재판이 진행되는 과정을 참관했고(물론 쉬는 시간에 몇몇 참전 군인들이 자료를 들고 법정 앞으로 달려가기도 했다), 이전과는 조금 다른 의견을 보이며 대한민국 정부의 정확한 진상 규명이 필요하다고 말했다. 어쩌면 이렇게 변화가 시작되는 것인지도 모른다.

영화의 주인공 응우옌 티 탄은 객석에 앉아 있는 참전 군인을 바라본다. 응우옌 티 탄은 법정에서의 증언 이후, 재판부가 마지막으로 하고 싶은 말이 있냐고 물었을 때 이렇게 말한다.

"저는 오늘 이 자리에 증인으로 섰습니다. 한국 군인들은 퐁니·퐁넛의 주민 74명과 생존자, 유가족들에게 너무도 아픈 상처를 남겼습니다. 이 진실을 한국 정부와 참전 군인이 인정해야만 저와 퐁니·퐁넛 마을 사람들의 고통과 상처가 누그러질 수 있을 것입니다. 마지막으로 원하는 바는, 오늘 이 자리에 퐁니·퐁넛 학살을 저지른 참전 군인이 와 있다면 지금 이 자리에 올라와 저의 손을 잡고 사과하는 겁니다."

그는 증언을 하는 중에도, 증언이 끝나고 자리에 돌아간 후에도 내내 한곳만을 바라봤다. 참전 군인들이 앉아 있는 자리였다. 재판에서 '이 민간인 학살의 책임은 대한민국 정부에게 있다'는 판결을 받는 것 역시 중요했지만 응우옌 티 탄이 꼭 받고 싶은 것은 따로 있었다. 사과였다. 엄마와 언니, 동생을 죽인 사람들, 아니 그 현장에 있지 않았더라도 전쟁의 책임을 함께 진 군인들에게 진정 어린 사과를 받는 것. 그게 바로 그가 한국에 온 이유이자 목적이었다. 증언이 끝나고 원고측 자리로 돌아갔을 때, 응우옌 티 탄은 하미 마을 학살 사건의 생존자와 이야기를 나눈다.

"내가 앞에서 이야기하는데 박수 하나 치지 않았어."

"끔찍하네요. 어쩜 그럴 수 있을까."

그 떨리는 증언을 하던 와중에도 그가 본 것은 그들이 진정으로 자신의 이야기를 듣는지 아닌지였다.

모든 화살을 몇몇 참전 군인들에게 돌릴 수는 없다. 학살 이후 진상 규명을 제대로 하지 않았던 대한민국 군과 정부에게 명백한 책임이 있다. 대한민국 정부는 왜 베트남전쟁에 참전해야 했으며,

수많은 젊은이들을 전장으로 보내야 했는지 질문하고 대답해야 한다. 전쟁 기간에 벌어졌던 일들을 묵인하고 은폐하는 개개인 역시 이제는 어떤 일이 있었는지, 그것이 무엇이었는지 이야기해야 한다.

시민평화법정에서 두 원고는 승소했고 대한민국 정부에게 책임이 있다는 판결이 내려졌지만 응우옌 티 탄은 참전 군인으로부터 그 어떤 사과도 받지 못하고 베트남으로 돌아갔다. 그러나 그는 여전히 매년 기일이 되면 살아남은 사람으로서의 할일을 다한다. 학살 당시 죽었던 가족들과 친척들의 제를 지내는 일이다. 그는 정성스레 밥을 지어 올린다.

"나는 고아가 됐어. 가족을 다 잃어서 더이상 살고 싶지 않았어. 그런데 아버지와 어머니, 그리고 형제들이 내가 힘내서 살도록 지켜주고 있다는 생각이 들었어. 지금 와서 생각해보면 내 삶은 아버지, 어머니 그리고 형제들의 제사를 챙기기 위한 거였던 듯해."

'배리어 프리'
상영회

+

부산국제영화제에서의 두번째 상영은 매진이었다. 영화 상영 후에 주요 제작진들이 무대 위에 섰다. 프로듀서가 무대에 다 같이 서자고 제안했는데 이 영화를 만든 주요 제작진 모두가 여성이라는 걸 보여주고 싶어서라고 했다. 영화를 기획할 때부터 이 영화의 제작진은 여성이면 좋겠다고 생각했다. 여성의 시선, 비非남성의 시선으로 전쟁을 기억하는 방식에 초점을 맞추는 영화이기에 이삼십대 여성 작업자들과 함께 만들어나가고 싶었다. 첫 상영 후 GV 행사에서 다소 놀랐다. 예상했던 것보다 훨씬 더 많은 이삼십대의 관객들이 있었다. 질문도 많았다. 전쟁을 어떻게 기억해야 하는지에 대한 여러 이야기들이 오갔다.

그로부터 넉 달 후 베트남에서 영화를 상영하게 됐다. 주인공들에게 영화를 보여주려면 베트남어 자막이 필요했다. 한글 자막을 작성하여 파일로 만들고 번역자가 그것을 번역하면 다시 베트남어 자막으로 제작해야 했다. 이 영화가 세번째 작업이지만 무엇하나 쉬운 게 없었다. 영화는 많은 시간과 돈, 인력이 필요한 작업이지만 동시에 무한 복제가 가능해 많은 사람들이 동시에 보고 생각과 느낌을 나눌 수 있는 매체이기도 했다. 영화 상영을 준비하며 그 사실에 감사한 마음이 들었다.

영화 상영은 퐁니 마을의 탄 아주머니 댁에서 하기로 했다. 어차피 상영할 거, 상영 시설을 빌려 마을 어딘가에서 마을 상영회 같은 걸 하면 좋겠다고 생각했지만 사회주의 국가라 그러려면 허가를 미리 받아야 하는 문제가 있었다. 완성된 영화를 주인공들에게 먼저 보여드리고 허락을 받은 후 차후에 규모 있는 상영회를 기획하는 게 좋겠다는 생각이 들었다. 일단 탄 아주머니 댁에서 작지만 알찬 상영회를 하기로 했다. 영화의 주인공인 하미 마을의 응우옌 럽, 딘 껌 아저씨를 상영 당일 차로 모셔오기로 했다. 탄 아주머니는 저녁을 준비하겠다며 무엇을 먹고 싶으냐고 물었다.

차를 타고 하미 마을에 도착하니 럽 아저씨 내외분이 정갈하게 옷을 차려입고 기다리고 있었다. 전쟁 이후, 밭을 갈다 한국군이 묻어둔 지뢰 파편이 터져 눈과 손가락을 잃은 럽 아저씨는 눈이 멀기 전에 노래를 부르러 다니는 일을 했다. 지금도 노래를 불러 달라고 하면 그 어떤 소리꾼보다 더 멋들어지게 가락을 뽑아내는 그는 마치 전국노래자랑에 나가는 것처럼 빼어나게 옷을 차려입고 있었다. 아주머니 역시 깔끔한 정장 차림이었다. 통역원이 없어 "쭈어이(아저씨)" 하고 부른 후, 오늘 정말 멋지다며 아는 베트남어 단어 하나를 꺼내 크게 말했다.

"뎁짜이!(잘생겼다)"

그러자 럽 아저씨는 입을 가리며 수줍게 웃었다. 너무나도 기쁜 표정이었다.

다음으로 하미 해변에 살고 있는 껌 아저씨 댁으로 향했다. 껌 아저씨는 태풍으로 집이 무너져 집을 새로 지었는데 마치 대궐같이 으리으리했다. 아저씨 역시 깔끔한 옷으로 차려입고 우리를 기다리고 있었다. 껌 아저씨가 차에 타자마자 럽 아저씨가 인사를 건넸다. 어렸을 때 마을에서 본 적이 있다며 오랜만이라고 했다. 현재 껌 아저씨는 학살이 일어났던 하미 마을과는 조금 떨어진 곳에 산다. 학살 당시 어린아이였던 껌은 가족들과 학살을 목격하고 다낭으로 도망쳤다. 껌보다 조금 나이가 있는 럽은 어렸을 때 마을에서 껌을 본 것을 기억하지만 껌은 럽을 기억하지 못했다. 껌은 베트남 홈사인을 사용하는 농인이라 럽과 소통할 수 없고, 럽 역시 눈이 멀어 껌의 수어를 볼 수 없었다.

탄 아주머니 댁에 도착하니 둥그런 큰 상 세 개가 차려져 있었다. 제사라도 지내는 양 엄청난 규모의 상이었는데, 영화에 등장하는 다른 주인공들과 함께 영화를 보는 자리를 마련하겠다고 하니 탄 아주머니 가족들이 정성스레 차린 거였다. 식사는 우리가 대접해야 하지 않나 싶어 죄송한 마음이 들었지만 동시에 감사했다. 어쩌면 우리의 주인공들은 주인공인 동시에 이 영화를 진심으로 지지하는 지원자이자 제작자일지도 모른다는 생각이 들었다.

탄 아주머니의 가까운 이웃들, 탄 아주머니의 대가족, 럽 아저씨 내외, 껌 아저씨, 프로듀서와 함께 저녁식사를 했다. 나는 껌 아저씨 옆에 앉아 통역을 맡았는데 모두가 나를 신기하게 쳐다봤다. 사실 통역이라고 할 것도 없었는데 껌 아저씨는 정식 수어가 아니라 집에서만 쓰는 홈사인을 사용하는 사람이기 때문이었다. 그렇지만 그가 사용하는 몇몇 기호들과 사인 랭귀지, 수어의 기반을 알고 있는 나는 그 누구보다 껌과 친밀하게 소통할 수 있었다. 영화에서도 그랬듯 종이와 펜, 여러 가지 큰 보디랭귀지를 이용해 껌과 소통했다. 도대체 어떻게 대화가 통하는 거냐고 탄 아주머니가 물었다.

"저희 부모님이 껌 아저씨처럼 농인이에요."

통역사가 내 말을 베트남어로 통역했다. 아주머니는 놀란 표정을 지었다.

영화 상영은 '배리어 프리' 그 자체였다. 베트남어 자막이 깔려 있어 자막을 읽을 수 있고 소리를 들을 수 있는 이들은 어려움 없이 영화를 봤다. 다만 탄 아주머니 댁에 있는 텔레비전으로 영화를 보는 것이라 자막이 너무 작게 보인다는 단점이 있었다. 럽 아저씨 내외분은 영화를 잘 이해하지 못하는 것 같았다. 아주머니가 영화를 보고 어떤 장면이 나오고 있는지 아저씨에게 설명해줄 거라고 생각했는데 두 분 모두 청각에만 의존하여 영화를 보는 듯했다. 어쩌면 아주머니가 글자가 너무 작아 읽을 수 없다거나 글을 모를 수도 있겠다는 생각이 들었다. 통역을 맡은 분에게 그들 옆에 앉아 화면을 해설해줄 것을 요청했다. 나는 껌 아저씨 옆에 앉았다. 아저씨는 소리를 들을 수 없고, 화면의 베트남어 자막 역시 글을 몰라 읽지 못했다. 아저씨와 나의 수어도 완전히 통하지는 않았지만 최선을 다해 상황과 맥락을 설명했다.

"저거 한국. 군인. 많아. 제사 지내."

"탄 아주머니. 여기서. 엄마, 동생, 언니. 한국군이 와서 다 총으로 죽이다."

학살 이야기가 나올 때마다 껌 아저씨는 징그럽다는 표정을 지으며 조용히 하라고 입을 손으로 막았다. 그런 이야기는 크게 하면 안 된다는 뜻이었다. 이 영화에 나오는 주인공들 모두가 학살을 겪었지만 껌 아저씨는 언어가 달라 그 학살의 경험을 제대로 공유하지 못했다. 그건 영화 상영 당일에도 마찬가지였다. 나는 럽 아저씨가 어떻게 가족을 잃었고, 그의 어머니는 어떻게 다리를 잘려 콩콩이라는 별명을 갖게 되었는지 상세하게 설명하고 싶었지만 내가 할 수 있는 건 '한국군' '총 쏘다' '하미' '몇 명' 정도의 간략한 단어들뿐이었다. 정식 수어를 배운 적도 없고, 다른 농인을 만나본 적도 없는 껌 아저씨와는 이 정도의 소통밖에 할 수 없었다. 학살 이후, 마을로 돌아와 한국 군인들의 구두를 닦으며 생계를 이어왔던 딘 껌, 현재는 한국군 주둔지를 찾아오는 한국 참전 군인들에게 그들이 기억하는 장소를 알려주며 팁을 받고 살아가는 그. 당신 나름대로 이 아이러니한 '전쟁'과 '삶'에 대해서 하고 싶은 말이 많을 테지만 자세한 것까지는 물을 수 없었다.

탄 아주머니는 영화를 상영하는 내내 눈물을 보였다. 자신이 인터뷰하다가 울었던 대목에서 똑같이 눈물을 보였다. 한국에서 촬영한 장면에서 한국 군인들이 떼로 등장할 때마다 무섭다며 몸서리쳤다. 스크린으로 보는 것이지만 여전히 몸이 떨린다며 옆에 있는 사람에게 몸을 기댔다. 식구들은 둘러앉아 그가 해냈던 한국에서의 증언들을, 그 용감한 여정을 지켜봤다. 아직 어린 손자들도 함께였다. 그렇게 주인공들 모두가 스스로를, 서로를 자랑스러워했던 베트남에서의 첫 상영회를 성공적으로 마쳤다. 당시 나는 이 영화를 어디서 어떻게 보여줘야 할지 제작진과 함께 고민하던 터였다. 한국으로 돌아가는 길에 프로듀서는 이렇게 말했다.

"초심으로 돌아간 순간이었어요. 이렇게 작은 상영회인데도 주인공들 모두가 너무나 자랑스러워하고 영화 상영을 통해 자신의 목소리를 낼 수 있는 용기를 가지잖아요. 베트남 정부로부터 공식적으로 상영 승인을 받기는 어렵겠지만, 게릴라 방식으로 이런 상영회를 많은 곳에서 동시다발적으로 열어야겠다는 생각이 들어요. 베트남의 젊은 세대들과 만나 이 전쟁과 학살을 어떻게 기억해야 하는지 질문할 수 있도록 말이에요."

몸의 기억

+

졸업 연구 주제는 '몸짓과 움직임을 통한 역사 다시 쓰기—우리의 몸의 침묵과 기억 읽기'로 잡았다. 실험이 중심이었던 3학기와 개념화에 집중했던 4학기를 통해 연구 주제를 명확하게 잡을 수 있었다. 초기 연구 주제 '여성의 기억은 남성·국가의 기억과 어떻게 다른가'라는 추상적인 질문에서 어떤 방향으로 나아가야 할지 헤맸는데 2학기에 제작한 영상 〈국민체조 및 국기에 대한 경례〉가 전환점이 되었다. 내가 말하는 여성의 기억은 '몸의 기억'이고, 몸에 새겨진 기억을 파고들기 위해서는 가장 가까운 몸, 내 몸을 연구 대상으로 삼아야 한다는 결론에 이르렀다. 나의 몸은 국민체조와 국기에 대한 경례, 학교에서 배운 깜지 쓰기, 국가 및 사회가 요구하는 (여성의) 몸이 되기 위한 동작들을 기억하고 있다. 그 동작들은 모두 국가, 사회로부터 훈련되고 주입된 것이었으며 한국과 멀리 떨어진 이곳에서 몸이 기억하는 동작들을 통해 그 기억이 무엇인지, 그사이에 숨겨진 침묵의 기억은 어떤 것인지 영화를 통해 살펴보는 것이 내가 프로젝트를 통해 하고 싶은 연구였다.

연구 주제를 잡은 후 학기마다 짧은 영상을 제작했다. 네덜란드의 큰 공원에 테이블과 의자 하나를 가져다 두고 긴 롤페이퍼에 깜지를 썼다. 캄캄해져 주변이 보이지 않을 때까지 종이를 작은 글씨로 채웠다. 한 시간 정도 촬영했는데 실제 물리적 시간을 보여주고 싶어 편집하지 않고 그대로 상영했다. 깜지 쓰기는 실제로 내가 좋아했던 공부 방법이기도 했는데 네덜란드의 공원 한복판에서, 끝이 보이지 않는 롤페이퍼에 한다는 것이 핵심이었다. 무엇보다 내 몸은 정확하게 그 동작을 기억하고 있었다. 아주 작은 글씨로 오랜 시간 종이 채우기. 읽고 쓰기를 장시간 반복하는 학습법.

그후 내가 한국에서 습득한 몸의 동작들을 돌아보았다. 늘 주변을 신경쓸 것, 겉모습을 단정히 할 것, 다리를 벌리지 않고 앉을 것, 남들과 끊임없이 비교할 것, 화장할 것, 치마를 입을 것, 긴 머리 스타일을 고수할 것, 성별에 맞게 행동할 것. 이른바 정상성의 몸 되기. 내 몸이 체화하고 있는 동작들은 결국 시스템을 유지할 수 있는 몸이 되기를 요구하는 것이었고 나 혹은 우리의 몸은 그걸 지속하며 이 시스템을 지탱하고 있었다. 이를 위해 묻어야만 했던 기억들을 떠올렸다. 그건 여성의 몸에 대한 질문이었고, 재생산권에 대한 논의와 연결되었다. 나는 나와 엄마, 할머니의 임신중지 경험을 소재로 영화를 통해 우리 몸의 기억을 드러내기로 했다.

작업은 쉽지 않았다. 마지막 학기가 시작하기 전에 촬영을 하러 한국에 갔다. 스튜디오에 엄마와 할머니를 불러 인터뷰를 했다. 꼭 하고 싶은 작업이었지만 동시에 정말 하고 싶지 않은 작업이었다. 감독으로서 꼭 해야 하는 일이었지만 딸이자 손녀로서는 하고 싶지 않았다. 나는 엄마와 할머니에게 몸에 대한 질문을 던졌고 그들의 임신중지 경험에 대해 물었다. 할머니는 "박정희 정권 때는 실제로 인구 조절을 하기 위해 낙태 수술이 빈번하게 이루어졌고 당시에는 쉬쉬하지 않고 얘기할 수 있는 분위기"였다고 했지만 엄마는 말하고 싶지 않다며 인터뷰를 거부했다. 나는 그럼에도 이야기해야 한다고 엄마를 설득했지만 사실 그러고 싶지 않기도 했다. 나는 나의 임신중지 경험을 공유했다. 할머니는 놀랐고 엄마는 듣고 싶어하지 않았다. 나는 질문했다. 우리는 한국 사회에서 태어난 여성들이고 나는 엄마의 몸으로부터, 할머니의 몸으로부터 나왔는데 왜 우리는 각자의 임신중지 경험을 공유할 수 없는지. 여태껏 발화되지 않고 몸 어딘가에 묻어둔 기억들은 이상적인 몸을 갖추기를 요구하는 국가·사회와 어떤 관계를 맺고 있는지. 나는 인터뷰 영상과 국민체조, 국기에 대한 경례, 이상적인 여성의 신체상을 주입했던 아카이브 영상들과 섞어 편집했다. 마지막 프로젝트의 제목은 '우리의 몸'이었다.

일련의 프로젝트를 제작하며 연구 주제를 명확하게 좁히고 마지막 시험을 치렀다. 우수하다는 평가를 받았다. 매 학기 시험을 볼 때마다 무사히 통과했다는 것만으로 감사했지만 언젠가 우수하게 통과하고 싶다는 욕심이 있었다. 마침내 'Very good pass'를 받았다.

졸업을 위해서는 각자가 선택한 방식(상영, 전시, 공연)으로 자신의 연구 및 프로젝트를 발표해야 했다. 완성된 작품을 상영하고 전시하는 형태가 아니었다. 결과보다 과정을 중시하는 프로그램답게 완성된 작품을 상영하는 '졸업 작품 상영회'가 아닌 '연구 및 프로젝트 중간 발표회'에 가까웠다. 연구 과정을 공유하며 관객들의 반응을 살피고 피드백을 받으며 향후 프로젝트에 관심이 있는 이들을 모으는 계기로 삼아야 한다고 했다. 나는 마지막 프로젝트 〈우리의 몸Our Bodies〉을 17분 길이로 편집하고 연구 과정을 담은 연구 및 프로젝트 출판물을 제작했다. 이 두 가지를 통해 관객들이 여태껏 진행해왔던 연구를 살펴볼 수 있게끔 했고 향후 만들 장편 다큐멘터리영화의 제안서로 이어질 수 있게 만들었다.

졸업 연구 발표가 있는 예술적 연구 주간Artistic Research Week에 엄마를 초대했다. 엄마는 졸업 연구 발표회 포스터의 주인공이었다. 무척이나 영광스러웠지만 미안했다. '낙태'라는 수어 단어를 사용하고 있는 장면이 포스터 한가운데에 실린 것이다. 엄마는 딸이 외국에서 석사과정을 졸업한다는 걸 매우 자랑스러워했지만 동시에 부끄러워했다. 연구 발표는 성공적이었다. 솔직하게 자신의 임신중지 경험을 이야기하고 나눈 엄마와 할머니, 나에게 박수가 쏟아졌다. 국경을 넘은 연대였다. 영화를 본 여성들은 자신의 임신중지 경험을 공유했고 여성의 몸에 대해 한 번도 제대로 된 질문을 던져본 적이 없던 자신의 과거를 반추했다. 엄마는 사람들의 반응에 자주 놀랐다. 고개를 숙인 엄마에게 동기 알버트의 어머니가 이렇게 말했다.

"잊고 있었는데 아주 옛날에 스페인에서 여기 암스테르담으로 임신중지 시술을 하러 온 적이 있어요. 낙태 여행이었죠. 이 영화가 잊고 있었던 그때의 경험을 불러일으켰어요. 우리는 연결되어 있어요. 이 말을 꼭 하고 싶었어요."

아주머니는 엄마와 나의 손을 꼭 잡았다. 엄마는, 우리는 고개를 들 수 있었다.

에필로그

경계와 경계를 감각하다

이 책은 네덜란드 필름아카데미 석사 유학 1년차에 썼다. 그래서 2년차인 졸업 즈음의 이야기는 거의 담기지 않았지만 그 부분은 졸업 작품으로 기록되었으니 석사과정의 전부가 기록된 것이라 믿는다. 졸업 연구의 결과물이자 현재 장편 영화로 기획중인 영화 〈우리의 몸〉은 2020년 제70회 베를린국제영화제 탤런츠랩 독스테이션에 초청되었다. 베를린국제영화제에서 〈우리의 몸〉 프로젝트에 관해 발표하던 때였다.

"나는 임신중지를 했습니다. 우리 엄마도 임신중지를 했습니다. 할머니도 임신중지를 했습니다. 그런데 왜, 우리는 이것에 대해 함께 이야기할 수 없을까요? 영화는 이 질문으로부터 시작합니다."

앞에 앉아 있던, 이미 출산 경험이 있는 핀란드 국적의 프로듀서가 아랫입술을 깨물었다. 아이를 안고 있던 독일 국적의 프로듀서가 고개를 들고 나를 쳐다봤다. 발표가 끝난 후, 인도 국적의 감독이 나를 불러세웠다.

"얼마 전, 배다른 동생이 저를 찾아왔었어요. 몇 년 전에 임신을 했었는데 엄마에게도 알리지 않고 아무도 모르게 임신중지를 했다더라고요. 왜 나한테 말하지 않았느냐 물으니 내가 남성이라 말하기 어려웠다고, 어차피 다 지나간 일이라 괜찮다고 하더군요. 동생은 오히려 저를 달랬어요. 이 영화가 만들어진다면 동생과 꼭 함께 보러 가고 싶어요."

연결되었다. '몸'의 서사를 통해 국적과 문화를 뛰어넘어 연결되는 경험을 했다. 〈우리의 몸〉은 나와 엄마, 할머니의 기억에서 출발해 개인의 몸을 통제해온 한국 사회의 역사, 더 나아가 제1세계가 제3세계 국민의 신체를 어떻게 통제해왔는지를 보여주는 영화가 될 것이다. 이 작업은 기존의 관념과 통속을 벗어나야 하기에, 한국과 네덜란드가 공동으로 제작하는 방식으로 프로덕션을 꾸리고 있다. 내후년 정도에는 〈우리의 몸〉이 또다른 '우리의 몸'들을 만날 수 있기를 바란다. 이 영화를 통해 나와 엄마의 몸, 할머니의 몸, 우리의 몸에 대한 여정을 계속 해나가면서 여성의 몸과 재생산권에 대해 질문해가고 싶다.

2020년 2월, 한국에 돌아왔다. 중국과 한국에 코로나19가 급속히 퍼지고 있는데 왜 지금 돌아가느냐며 다들 만류했다. 얼마 지나지 않아 유럽에도 미국에도 바이러스가 퍼졌다. 한국과 네덜란드를 오가며 다음 영화를 준비하겠다는 계획은 어그러졌고 다른 방식으로 미래를 고민해야 한다. 이런 시기에 이 책을 출간하게 되었다. 많은 고민과 생각이 들었다. 이 책이 단순히 '네덜란드에서 사는 것이 좋다'라는 메시지를 담고 있는 책이었다면 유학은커녕 여행도 장담할 수 없는 시기에 책을 내지 못했을 것이다. 그러나 이 책은 단순한 유학기 혹은 헬조선 탈출기라기보다 해보지 않으면 알 수 없어서 직접 다 해본 경험의 기록이다.

네덜란드로 영화 공부하러 가겠다고 했을 때, 그곳에서 예술가로서의 삶의 지속가능성을 찾아보고 싶다고 하자 많은 이들이 지지와 응원을 보냈다. 돈 있는 사람만 유학 가는 자본주의 시스템에 나라도 균열을 내야 한다며 용감하지만 무모하게 '이길보라의 크라우드 펀딩 장학금'을 모집한다고 글을 올렸을 때 마음을 더해주신 분들께 다시 한번 감사의 말씀을 드린다. 네덜란드에서 경험한 이야기를 책으로 써보지 않겠느냐며 제안한 문학동네의 박영신 부장님, 김소영 대표님, 긴 여정을 끝까지 함께했던 황은주 편집자님께도 진심으로 고맙다는 말을 전한다. 한국과 네덜란드를 왔다갔다하느라 문화적으로도 언어적으로도 삐걱거렸는데 거친 문장들 가운데 지금 이곳에 적합한 단어를 고르는 일을 함께했다. 디자인을 맡아 애써주신 이효진 과장님과 김마리 대리님께도 감사드린다. 무엇보다 지구 반대편에서 삶과 작업의 관성을 깨고 내가 가진 것들을 재발견할 수 있게 도와주었던 네덜란드 필름아카데미 동기들과 선생님, 멘토, 물심양면으로 돌봐주었던 네덜란드의 친구들, 애정하는 이웃, 파트너에게 고맙다.

"가봐야 알 수 있으니까 무조건 가라"고 말했던 엄마와 아빠, 그리고 동생은 내가 언제든 돌아갈 곳이다. 이들을 믿고, 계속 시끄럽게 해보고 말하고 부딪치고 껴안을 것이다. 해보지 않으면 알 수 없으니 말이다.

해보지 않으면 알 수 없어서

1판 1쇄 2020년 8월 18일
1판 7쇄 2023년 5월 15일

지은이 이길보라

기획 박영신 | 책임편집 황은주 | 편집 김소영
디자인 이효진 김마리 | 저작권 박지영 형소진 최은진 오서영
마케팅 정민호 김도윤 한민아 이민경 안남영 김수현 왕지경 황승현 김혜원
브랜딩 함유지 함근아 박민재 김희숙 고보미 정승민
제작 강신은 김동욱 임현식 | 제작처 한영문화사

펴낸곳 (주)문학동네 | 펴낸이 김소영
출판등록 1993년 10월 22일 제2003-000045호
주소 10881 경기도 파주시 회동길 210
전자우편 editor@munhak.com
대표전화 031) 955-8888 | 팩스 031) 955-8855
문의전화 031) 955-2655(마케팅) 031) 955-2697(편집)
인스타그램 @munhakdongne | 트위터 @munhakdongne
문학동네카페 http://cafe.naver.com/mhdn
북클럽문학동네 http://bookclubmunhak.com

ISBN 978-89-546-7361-7 03810

www.munhak.com